戏剧影视文学专业基础教材

故事写作基础教程

梁艳 著

中国传媒大学出版社
·北京·

目录 CONTENTS

前　言 / 1

第一章　影视剧的艺术特征 / 1

一、影视剧的艺术特征 / 3

二、故事写作的步骤 / 8

三、素材的艺术处理 / 9

四、创作者的素养 / 17

第二章　剧本的写作规范与要领 / 19

一、剧本写作的阶段性步骤 / 21

二、剧本格式 / 24

三、其他剧本形式 / 26

四、注意事项及案例评析 / 26

第三章　题材选择与剧本定位 / 39

一、题材的分类 / 41

二、题材的价值判断 / 45

三、价值判断的模式 / 46
四、剧本的定位 / 48

第四章　人物塑形 / 53
一、关于人物 / 56
二、人物类型样例 / 58
三、人物的基本形态 / 60
四、情节中的人物 / 63
五、人物设置的原则 / 65

第五章　戏剧冲突 / 69
一、戏剧冲突 / 71
二、戏剧冲突的产生 / 74
三、情节的要素与戏剧冲突 / 83
四、戏剧冲突的形态 / 94
五、情节组织的基本原则 / 97

第六章　戏剧冲突的创作技巧 / 101
一、开场 / 103
二、冲突点 / 106
三、主场戏和过场戏 / 108
四、关于误会和巧合 / 109
五、悬念的设置 / 110
六、必要性铺垫 / 112
七、细节 / 112

第七章　结构与线索 / 115

一、对结构的理解 / 117

二、几种结构形式 / 117

三、布局结构的观念 / 119

四、线索 / 120

五、叙事线索类型的选择 / 122

六、布局 / 123

第八章　对　白 / 125

一、对话与性格 / 127

二、无声胜有声 / 131

三、对白用来表明观念或是转变 / 133

第九章　改编入门 / 147

一、改编中的注意事项 / 149

二、依据文学名著进行的改编 / 152

三、依据网络文学进行的改编 / 153

四、改编与独特审美的形成 / 154

附　录 / 161

后　记 / 166

前　言

尽管编剧和导演都以视觉造型的综合思维的方式进行创作，但是两者的工作内容确是不同的。编剧运用这种思维方式见诸文字，导演则以这种思维方式将剧作文字见诸镜头画面并且最终确立银屏或者荧幕形象。

剧本是一剧之本，这个“本”是基础的意思。有一种普遍的说法是：影视剧主要靠故事支撑，然后有赖演员，然后就可望实现好的收视率或是卖座。这种说法认为剧本的“基础”主要在故事的选择上面。而实际上，有了好的故事，未必能够写出优质的剧本，有一些看起来平淡无奇的故事，经过编剧的巧妙加工，会令人耳目一新，焕发出崭新的艺术生命力。

随着教学改革的不断深入，故事创作类课程在课程体系、教学内容、教学手段和教学模式等方面都有了新的变化。为了适应这种形势的需要，笔者编写了这本教材，本教材试图帮助零起点读者尝试讲故事和写剧本。

在多年的教学工作中，我对专业课程进行了多次教学改革，积累了一些经验。实践证明，剧本写作课是可以有规章可循，有规律可依，有手段可操作的。本教程将教学经验的总结、部分学生作业、经典影视片段作为辅助教案。希望本书能够帮助对剧作有兴趣的读者找到入门的方法。同时，希望能与同行交流，对于书中存在的疏漏和错误，敬请读者批评指正。

前言

第一章
影视剧的艺术特征

一、影视剧的艺术特征

我们要进行影视剧创作，首先需要明确影视剧的艺术特征。但事实是，在概念上探讨艺术特征众说纷纭，这种情况下我们不如不纠缠概念，而从与其他艺术门类的比较中，进而从电影与电视剧的比较中来明了剧作的特征。

（一）影视剧与其他艺术门类的比较

1. 影视剧与戏剧

因为同是视听艺术，我们很容易由影视剧想到戏剧。戏剧作为传统的艺术形式，与电影、电视有着千丝万缕的联系。传统戏剧的“三一律”原则，可以帮助我们了解戏剧的艺术特点。

欧洲17世纪古典主义戏剧大师们在古希腊戏剧和亚里士多德戏剧理论影响之下提出了所谓的“三一律”原则，即时间、地点和情节的高度集中。现今的话剧、歌剧等舞台剧沿用了传统戏剧的“三一律”原则，可以说，“三一律”原则是所有舞台剧应当遵循的剧本创作规律。戏剧表演必须在有限的时间内进行，故事内容跨度较小。由于受到舞台限制，表演都在舞台上完成，因此，不难理解故事表现内容同样受到地域限制。由此，创作者只能够选取最能够表达人物和矛盾冲突的事件进行表现。而影视剧可以表现更加细腻的矛盾冲突，在时间、空间和情节的处置上更加灵活自由。时空方面基本不受限制，场景的设置可以根据实际剧情不断变换，时间上也可以随意进行跨越，观众能够感受到真实感和流动感。影视剧与戏剧的区别还表现在情节及戏剧冲突的组织方面。戏剧冲突通常很快展开，然后逐渐发展，到高潮，再到最后的结局。而在影视剧中，戏剧情节可以发展得比较迟缓，在一集当中可以写好几场戏剧冲突，矛盾的解决也是缓慢的，犹如现实生活中发生的那样。

此外，戏剧作品具有“假定性”。例如，在戏剧作品中表现一个人骑着战马风尘仆仆归来，只需要演员骑着鸡毛掸子在舞台中间转一圈，观众即可会意。相较而言，影视剧则必须具有这种“真实性”。戏剧是通过舞台上演员的演绎来实时展开叙事的，但由于受到时间与空间的限制，戏剧的真实性是在想象中存在的。剧中的时间与空间都建立在一种预定的假设基础上。在剧情的处理上讲究矛盾的尖锐性，有一个完整的开端、发展、高潮、结局。影视剧的想象延展力弱于戏剧，缘于影视剧无此类假定性，致力于表现真实的生活，这使影视剧既要尽量与戏剧化保持距离，情节发展相对缓慢，与生活的流程一致，又要在关键时刻加入戏剧化效果，使得剧中平淡的生活因为突变而充满可视性。

为了进一步理解其中的异同，我们不妨尝试着把一部戏剧作品改编成影视剧。例如，我们尝试把传统戏剧《雷雨》，改编成20集的电视连续剧。原戏剧作品内容是从鲁侍萍来到周家大院看望四凤开始，具体讲述了一个晚上至之后几天的故事，地点在周家，时间不过几天。我们着手进行长篇内容铺设时，首先，由于时长问题，我们需要对故事进行延展。可从这几天往前追溯鲁侍萍与周家老爷周朴园年轻时的恋情，交代事情的缘起和恩恩怨怨可以创作出诸多情节；还可以尝试向后延展，事情引发了后代人怎样的命运转变，其间，人物增多了，关系也随之复杂了，自然创作出的剧情也就具有了更强的可视性。

此外，我们常讲影视剧是视听艺术，戏剧也同样是一种视听艺术。影视剧很明显带有戏剧元素，影视剧在发展初期就是直播戏剧，在最好的观众席位置拍摄完戏剧并播出。现在的戏曲电视连续剧并不是戏剧内容的直播，而是戏剧与电视剧形式和内容完全融合的产物。传统的戏剧在发展中也进行了实验，尝试不强调戏剧冲突，淡化情节，增加哲学意味，人物常常被虚化成一个意念或者表达意念的符号，经典的如《等待戈多》。这种对传统舞台的突破其实跟戏剧内在的精神还是一致的，从其原型来讲戏剧是一种仪式；而影视剧表现的是生活的真实状态，两者精神上的不同，也导致它们在创作走向上不同。影视剧从传统的戏剧作品中得到的启示和发展，表现为既与生活始终保持一致，又在关键时刻以强烈的戏剧效果揭示人物性格，展现人物命运，推动情节发展。

2. 影视剧与小说

小说是一门语言艺术，是以文字语言作为媒介来塑造人物形象，传情达意。而影视剧是一门视听艺术，以声音和画面为媒介，人借助视觉和听觉来接收信息。我们用表格来简要对比小说和影视剧的艺术特点（见表1–1）。

表 1-1　小说与影视剧艺术特点比较

<table>
<tr><th>类别</th><th>语言形态</th><th>艺术形态</th><th>表现形态</th></tr>
<tr><td rowspan="2">小说</td><td rowspan="2">文字</td><td rowspan="2">语言艺术</td><td>抽象</td></tr>
<tr><td>艺术表现较自由</td></tr>
<tr><td rowspan="2">影视剧</td><td rowspan="2">声音和画面</td><td rowspan="2">视听艺术</td><td>重外在情节</td></tr>
<tr><td>受商业因素束缚</td></tr>
</table>

小说的表达较为抽象，读者需要借助想象来具象化信息，受时间和空间的限制较少。

我们借用电视连续剧《人民的名义》开篇中贪官赵德汉出场的一段内容和原著小说中的描述进行一个对比分析。

小说中的内容如下。

昨天晚上，当此人捧着大海碗吃炸酱面时，老旧的木门“吱呀”一声开了，它代表命运来敲这位贪官的家门了。贪官一脸憨厚相，乍看上去，不太像机关干部，倒像个刚下田回家的老农民。可这位农民沉着冷静，心理素质好，处变不惊。侯亮平一眼看透——这是长期以来大权在握造就的强势状态。当然，也许今天这个场面早在他的预想中，他有心理准备。只是侯亮平没料到，一个被实名举报受贿几千万元的部委项目处处长，竟然会住在这鬼地方！这是一套常见的机关房改房，七十平方米左右，老旧不堪。家具像是赵德汉结婚时置办的，土得掉渣，沙发的边角都磨破了。门口丢着几双破拖鞋，扔到街上都没人拾。卫生间的马桶在漏水，隔上三两秒钟“滴答”一声。厨房里的水龙头也在滴水，但这似乎不是漏水，而是刻意偷水。证据很明显，水龙头下的脸盆里积了半盆不要钱的清水。侯亮平四处看着，摇头苦笑，这位处长真连寻常百姓都不如。像是为他的思路做注解，赵德汉咀嚼着自由时光里的最后一碗炸酱面。

关于这段生动的描写，不同的读者会有不同的领会，形成的贪官赵德汉的形象也不尽相同。然而，在电视剧《人民的名义》中，上述内容，只需要演员侯勇出场，摄影机拍下他的言行举止，再加上几个镜头交代所处

图 1-1　《人民的名义》剧照

环境就可以表现出来。影视剧中的内容是具体可感的，演员侯勇无法在外形上做到完全符合所有观众的想象，但是可以从精神内核层面加以表现。由此，影视剧的直观性和生动性层面比小说有优势。但小说可以表现有形的或是无形的事物，不受时间和空间的限制，能够更为深切地刻画人物心理。

对于人物心理的描绘，例如表现一个学生在课堂上发呆，小说中自然可以生动细致地表现学生浮想的具体内容，或是想到家中的母亲，或是想到自己过去的恋人，或者想着中午食堂会有什么饭菜。然而，在影视剧中，如果不借助画外音或是闪回等手段，我们只能通过一个镜头，看到一个学生呆呆地坐在教室中，那么观众便无法得知人物的所思所想。小说和影视剧的语言应该包括作者的叙述语言和人物语言两个部分。人物语言是从剧中实际听到或是小说中文字直接表述的内容，主要展示人物的性格。小说中叙事的推进主要依靠作者的叙述语言；而在影视剧中，人物语言成为叙事的主要推动力，作者的叙述语言退场，一部分散入人物语言之中，一部分成为视觉符号。从表现力上看，小说语言更适合表达内心活动，而影视剧的语言重在表现肢体语言，人物的真实想法未必直接被表露出来。小说长于深入人物内心，激发读者的想象，以此激活小说生命；影视剧所要做的，是把这种内在用视觉表达出来，于是便形成了千差万别的同一个人物形象。

对于故事写作来讲，无论具体艺术形式是哪种，人物、情节和主题都是决定作品质量的三驾马车。在对情节的处置层面，小说和影视剧也有不同。我们不妨再尝试把小说改编成影视剧来体味这种迥异。小说中不乏传世的名家名作，例如马尔克斯的《百年孤独》，乔伊斯的《尤利西斯》等，但这些小说都无法顺利被改编，究其缘由，则是此类小说的故事性或者戏剧性不强，没有足够的情节可供改编。一般来说，不论是小说、戏剧，还是其他的艺术形式，凡是故事性不强，人物性格不够鲜明，头绪太过复杂的，改编的难度都较大。由此可见，影视剧比小说更注重情节。

（二）电视剧与电影

学习视听艺术经常会听到影视不分家的说法，其实，电影和电视剧没有太多本质区别，之所以电影被称为电影，电视剧被称为电视剧，在于发展之初的长度、制作和播放方式以及观影环境不同。然而，电影和电视剧艺术发展到现在，电影不再受限于时长，系列电影比比皆是，例如《战狼》《战狼Ⅱ》《战狼Ⅲ》《叶问》《叶问2》《叶

问3》《叶问4》等，电影越拍越长，还有了连续的意味。电视剧也不都是多集，有的短篇电视剧就分上下两集，加起来时长甚至不及一部电影。

图1-2　《战狼Ⅱ》剧照

图1-3　《叶问》剧照

基于电影和电视剧同是视听艺术，我们重点从表现形式来简要分析电影和电视剧的异同。电影的情节相对较短，剧情和人物关系简单，讲求画面和意境，往往比电视剧更精致。此外，播放电影的银幕较大，因此，在镜头的选择上，摄影师较多采用全景和远景。电视剧的情节相对较长、较多，人物关系错综复杂，讲求情节和戏剧冲突。由于屏幕所限，电视剧的拍摄更多运用中景、近景和特写。相较于电影，电视剧中对白所占比重较大。

虽然相当一部分人认为，电影更有艺术品位而电视剧难登大雅之堂，但这只是观念之争，并不是十分重要。相较于电影，电视剧的叙事，主要靠对话来推动，视觉语言很多时候只是一种补充。当然，也不能由此忽略电影和电视剧之间的相似之处。在时空结构上两者有很多的相似之处，不少电视剧也采用电影的手法来拍摄，以增强视觉效果。而实际上，电视、电影的出现，标志着两种艺术之间被实质性地架起了桥梁，电视剧制作团队不仅采用电影的胶片拍摄，而且在观念和手法上也会用电影观念来拍摄电视剧。

据调查，一部电视剧如果在三分钟内不能吸引住观众，观众就会换频道。这也使得电视剧与电影在视与听的倾向上明显不同。对于一部电影来说，它的语言元素主要是镜头语言，视觉效果占了很大的比重，叙事主要靠视觉呈现推动。对电视剧而言，视觉系统的叙事功能相对较弱，在镜头语言上，由于受客观成本因素的限制，视觉效果更多地体现为对于演员的认同。一部电视剧的收视率高低，与是否有一线明星、偶像明星出演也有关系，所以电影和电视剧的实际效果，不单纯由剧情决定。

此外，能够注意到的是，与电影相比，电视剧（尤指长篇）对故事的依赖程度更高。

在此比较几种艺术形式的异同，目的在于理解各个艺术门类的艺术特点，绝不是有意贬损个别艺术门类，无论是戏剧、小说，还是电影、电视剧，或是动画、短片，都有其独特的艺术价值和表现力。在复制现实层面，影视剧确实比戏剧和小说来得现实，但是艺术价值的高低终究不取决于这种“真实性”，而在于其中所包含的主题理想。在这个层面上，戏剧由于受外界制约少，往往表现得更为深刻和独特。不同的故事内容，都有适合表现它的艺术门类，艺术门类本身并无高下之分。

总之，戏剧作家受制于舞台空间，需要集中场景，集中冲突，集中情节。而影视剧可以突破空间的限制进行表现，编剧的创作只要合乎视觉造型的规范就可以自由很多。文学创作既不受制于舞台空间，又不困于视觉造型的规范。影视剧作中的人物，为未来的银幕形象或者荧屏形象奠定了摄制的基础，而形象的主体是人，影视剧中的形象有别于文字作品中的文字形象，也有别于戏剧作品中的舞台形象，尽管主体都是人。

剧本质量的高低不仅取决于选材，还取决于其他因素，从影视剧作层面讲就是还取决于叙事手段和叙事方法。

二、故事写作的步骤

1. 积累创作灵感

从艺术的角度去审视生活。初学编剧者不知写什么，觉得没什么东西可写；而训练有素的编剧常常能从其他途径发现所写的东西，所以，我们需要积累创作灵感。灵感指人在文学、艺术、科学、技术等活动中突然产生的富有创造性的思路。创作灵感，单指在文学艺术方面瞬间产生的新奇独特的念头。

创作灵感以一定的文艺修养为背景。编剧在长期的艺术创作实践中，已经积累了丰富的艺术素材，需要使用的形式与手法是多种多样的。

为达到创作效果，编剧常常需要深入实地体验生活，因为这种方式不但能够使其直接体会到人物的真实生活情景，也最容易激发其创作灵感，使作品尽善尽美。

2. 植根生活，细心“沙里淘金”

有些人认为写不出东西，就是没有深入生活。编剧在立足于直接的生活体验的同时，还要开拓间接的创作素材。在进入具体选材环节中，应该注意考虑以下几个问题：所选题材是否你最熟悉的？它是否你最想写的题材？这个题材成功率高吗？

这个题材观众会喜欢吗？

作为一个成熟的编剧，需要有一定的市场意识，要注意研究和把握影视市场的动向，随时了解影视市场的需求。

3. 量体裁衣，寻找“故事内核”

将零散的原始生活素材凝聚、组织成一个故事的第一步，是找到或者说抓住这个故事的内核。所谓故事的内核，就是构成这个故事的最主要的事件和动作线。这个情节主线对未来的故事面貌有着全局性的控制作用。故事内核离一个详尽完整的故事还很远，但它是产生故事的胚胎。

4. 袖手于前，编织故事梗概

构思故事是影视文学创作工作的开始。创作者搜集到创作素材后，需要通过故事来凝聚素材，创作者对生活的感受、思索以及由此而升华出来的哲理思想，也只有通过有精彩情节和动人形象的故事自然而巧妙地展示出来，如此影视剧才会产生打动人心的艺术感染力。拥有一个好故事，对于一部影视作品来说是极为重要的。

经过这样一些工作之后，创作者的构思就由对情节主线的几句简短的概括，变成了一个具有一定内容的故事雏形。这个过程，就是形成初步的故事梗概的过程。

三、素材的艺术处理

写作故事众所周知需要收集素材，收集之后的提炼、改造和整合是一个复杂的工作，同样的素材落在不同的创作者手中，创作出来的作品往往是迥异的。

素材是影视剧策划者、剧作家和各种造型艺术家在生活中积累下来的没有经过加工的原始材料，可以是现实生活中的，也可以是历史中的，还可以是神话、传说和民间故事传承下来的，甚至是一切原有的文学艺术作品传承下来的，包括自然和社会的一切领域。从素材到题材，还需要经过塑形的环节，也就是说，素材是外在于艺术作品的元素，只有经过诗化过程后才能成为作品的一部分。直接素材是创作者实践过的，经历过的，体验过的，感受过的内容；而间接素材是创作者从别人或别的媒体的传播中得到的。

选择素材的第一要务是看其中包含的理念是否符合创作者的意图。故事创作的方式大致有两种：一种是从意念到故事，创作者首先意识到某类话题或者主题是当下热议的，然后从此出发组织故事去完成表达；还有一种是先有了故事，创作者再根据市场和观众的需求，并结合其意念进行加工的创作模式。

即便是第二种从故事到故事的题材处理方式，也不是照抄照搬。创作者需要将相关素材整合加工，通过综合处理来讲全新的一个或多个故事；创作者在创作中需要在保持统一思想，保证情感取向一致的情况下，整合可以利用的资源，来增强作品的可视性。

（一）几种素材处理方式

写作之前对于素材的处理是一项系统工程，方式多样，要想详细穷尽所有方式几乎是不可能的，在此仅就几种常见的处理方式进行简要分析。

1. 改编

有些素材，其本身就是很成熟的叙事作品，比如知名的小说、戏剧、电影等。其故事框架，人物的塑造都比较成熟，创作者对他人的作品进行加工改造于是形成新的艺术作品。对这种素材的处理，表面上看只要将原始素材处理成符合影视剧叙事结构和方式即可。实际上，创作也有一定难度，创作难度来自原作的限制，由于受原作约束，创作者自由发挥的余地相对较小。

将以文字语言为表达手段的文学作品转化为以视听语言为表达手段的影视作品，是一项创造性的劳动，改编过程实际上也是一次重新解读的过程，因此，影视剧作品与文学作品同中有异才是应有之意，创作过程中可以加入新的内容，但完全的“搬用”是不可取的。影视作品改编更多的是思维方式和内在精神的改编，这使改编后的作品成为新的表达意念的载体。

谈到改编，需要明确的是，原著首先应该是优秀的叙事作品，这样才能保障改编有个坚实的基础。同时，一些原本就比较有知名度的作品，本身自带观众，明显能增强改编后的影视作品的传播效果。但是，并不是所有的叙事作品包括名著都能改编成影视作品，文字语言和声画语言之间并不能做到一一对译，一种语言表达的内容，换成另一种语言表达可能会显得力不从心甚至成为糟粕。一位好的小说家，未必是好的编剧。初学写作者常常困惑于自己的文笔欠佳，担心写不出好的故事，其实，剧本写作和小说等文学作品的创作不可相提并论。往往文学性很强的小说作品，其戏剧性很弱，作品被改编成影视剧较难。将其他类型作品改编成影视剧，常常是因为该作品内容与

当时的社会主流文化贴近，作品的内在情绪情感层面，又能与大众的情绪情感相贴近。改编方应遵循与原作方互惠互利的原则，改编成的影视剧应该与原作具有起码的相似性。此外，艺术上的知音关系，是改编取得成功的最为坚实的基础，改编者应充分发挥自己的创造才能，坚持艺术的创造性原则。

改编创作的例子较多。国内半数以上的影视剧作品都改编自文学作品。如果文学作品有较大影响力，为了忠实于原著，一般情况下不宜进行太大的变动。名著与影视剧，一个体现了社会影响的根深蒂固，一个体现了社会影响的广泛性，同社会的紧密关系使创作者在对二者进行转换的创作中非常重视社会因素的影响。所谓尊重原著，最重要的是重视原著的精神价值和艺术价值，保留其中的精髓，这是改编成功的关键。

例如，根据四大名著改编影视剧、根据金庸小说改编一系列武侠片等，对此种素材进行处理一方面有它的便利性，但另一方面也容易因为相互之间的影响增加改编难度。比如金庸几乎所有的小说都被改编成了影视剧，有些小说甚至被多次改编，但是观众对这些改编剧褒贬不一。比较典型的如《射雕英雄传》，这部小说曾经有三个版本一起出现在电视屏幕上，香港拍摄的 1983 年版本和 1994 年版本，另外就是内地在 2002 年拍摄的版本。就这三部作品，各有千秋。最忠实于原著的是 1994 年版，2002 年版的画面最精美，而观众认可度最高的是画面粗糙的 1983 年版。过度忠于原著有可能会忽略小说与影视剧之间的差异，制作太过精美又可能影响到影视剧的叙事节奏和观众对作品内容的欣赏。四大名著改编影视剧也出现了同样的情况。虽然在播出时收视率颇高，但实事求是地说，四大名著系列影视剧并不是上乘之作。其问题可能在于观众对名著的崇拜，导致编剧在改编上的困难。小说的想象空间与影视剧的想象空间毕竟有着诸多区别，叙事语言上的区别也显而易见，想要让改编的剧作同样被观众崇拜，单靠原著的魅力显然是不够的。

票房成绩颇佳的电影《流浪地球》改编自刘慈欣的同名小说，刘慈欣的小说可谓把中国科幻文学提升到了一个新的高度，《流浪地球》大致遵循了原著的内容。而基于陈忠实小说《白鹿原》的改编，分别出现了电视剧、电影、话剧等诸多版本。主人公黑子和田小娥在

图 1-4　《流浪地球》剧照

图 1-5 《白鹿原》封面照

电视剧版、电影版、小说版、话剧版的外在形象迥异，但观众还是对这几个形象给予了认可，原因是内在的精神状态一致。

对剧作中人物和故事的改编都不是机械性的改造，改编应该建立在创作者对于其中人物和生活深刻理解的基础之上，需要注入新的创作理念和灵魂，使人物和故事焕发出新的艺术生命。

2. 嫁接

嫁接的原意即把一种植物的枝或芽，接到另一种植物的茎或根上，使接在一起的两个部分长成一个完整的植株。我们在创作故事时，遇到故事素材量不够，或无法采用的情节量过多，就需要整合其他素材，使之形成完整的故事情节，这就是素材的嫁接。

原创作品的难度较大，创作者往往从已经存在的故事中取经。例如《那年花开月正圆》，资料对于陕西女首富周莹的描述极少，但这反而给了创作者很大的创作空间，可以偷梁换柱，把别处人物身上的故事嫁接到周莹身上。但嫁接时除需要注意背景环境是否贴切外，还要留意人物的性格和动机。《人民的名义》的故事情节，似乎融合了很多现代贪官的故事，这也是其之所以具有代表性，直击观众内心的部分原因。再如青春爱情题材剧作《欢乐颂》，故事融合了同种剧作中关于类型人物的诸多典型事件，剧中人物各个性格鲜明，这调动起了观众极强的爱憎情感，引发了观众对于人物命运的深切关注。

嫁接看似操作简单，但这种素材的融合方式并不是随心所欲的，需要达到形和神的统一。创作者对于笔下人物的把握程度及其创作理念，甚至其对市场走向的把握都对素材的嫁接效果起决定性作用。在操作过程中需要注意的是，嫁接不等于抄袭，选取事件或其中的精髓加以再造才是好的嫁接方法，否则容易出现“水土不服”，例如嫁接完成后出现剧中人物从情理上就做不出这样举动的虚假。

图 1-6 《欢乐颂》剧照

3. 原创

原创特指自己独立完成的、非抄袭或转载的作品。在进行故事创作时，需要确立“人无我有，人有我新”的观念。

“人无我有”即完全意义上的原创，别处找不到，唯我所有，实现了真正意义上的耳目一新。对于电影和电视剧来讲，论其完全原创多少有些偏颇。而许多试验短片、微电影大多真正意义上走了原创的道路，带给了观众全新的视域。例如奥斯卡获奖短片《平衡》《黑洞》等，完全开了新灶。国产短片《钢城花园》关注住宅危房的监测问题，这是一个全新的领域，短片带给观众关注民生的新的思考点。

图 1-7　《钢城花园》剧照

此外，国内和国际各影展和比赛中出现的大量短片，为观众带来了全新的故事景观。“人有我新”是指推陈出新，以原有故事的部分素材为依托，演绎出新的故事，带给观众全新的体验。这种处理素材的方式适合于那些有知名度的题材，例如叶问、陈真、黄飞鸿的故事，这些题材实际上已经形成了社会品牌，创作者只需依托题材的社会价值和人物的知名度，从旧有的人物和人物关系出发，创作出新的故事。有些时候，创作者甚至也会“移花接木”，套用一些片段，这种套用不是照搬，只是神似，但仍然有耳目一新之感。例如短片作品《米酒，正宗传统胜利老米酒》中，对于常见的小商贩与城管的故事就采用了“旧瓶装新酒”的办法，故事的情节走向，人物的命运设置完全颠覆了此类故事的创作走向，令作品具有了反复品味的价值。

图 1-8　《米酒，传统胜利老米酒》剧照

在研究作品时我们发现，有几种题材处理方式不断被使用，有些沿用原有的故事结构，在叙事角度和风格上加以改动，例如《赵氏孤儿》各个版本的剧作；有些只是用到原有作品的部分人物和人物之间的关系，然后另起新灶，例如《战狼》《战狼Ⅱ》，儿童们喜闻乐见的系列动画电影《玩

具总动员》和《神探狄仁杰》的第一部和第二部。

从表面上看，套用别人笔下的人物创作新的故事，或者采用旧有的故事结构，多少有投机取巧之嫌，但从市场的角度来讲，利用原有素材的积淀，创作出新的作品形式是具有可操作性的。创作者需要超越前人，或是找到新的创作路径，才能完成具有自己个性风格的作品，带给观众新的景观和独特的认知。

在创作中，对素材的艺术处理不是单纯用哪一种方式，我们分开来剖析是为了理解的方便，创作者通常需要综合运用多种方式。无论使用何种方式，关键在于这种处理要基于创作者对于素材的把握、素材本身的可操作性，以及符合观众的潜在心理。

（二）需要注意的几点问题

1. 故事背景

故事背景有大背景和小背景之分。大背景就是故事发生的大时代，小背景是指人物所处的具体的生活环境，在小背景之下还有更小的背景单位，即每场戏发生的场景环境。

每个故事都需要有发生的环境土壤，大的背景环境设置要精准，某些故事只有在特定的背景环境下才有可能发生，例如短片《叠影通缉》的背景只能是未来，放在今天的纽约就失去了真实感，因为剧中的科技水平现今根本达不到。再如电视剧《爷们儿李大宝的平凡岁月》，李大宝与朵朵的婚姻，受到封建社会环境的影响，朵朵才心不甘情不愿地嫁给了李大宝，如果这个故事的背景环境换成了现在，故事中人物的压力也就不复存在了。

故事在悲欢离合中演绎人物跌宕起伏的命运，故事背景的选择为之后故事情节的展开提供了依据。也有的时候，故事创作可以模糊掉时代背景，例如诸多的武侠题材影视作品。此外，故事背景的设置也应该考虑到商业因素。一般来说，故事发生的时代离现在越远，故事越不容易失真；故事发生的时代离现在越近，故事越能给观众带来亲切感。此外，还应有政治层面的考虑，例如《人民的名义》这部电视剧，属于反腐题材，在当今反腐倡廉成为社会新风尚之际，此剧大胆地进行创作取材，收到了良好的社会反响。

故事中的人物需要处在具体可感的生活环境中。《爷们儿李大宝的平凡生活》中的故事只有发生在北京的胡同里才真实，倘若放在农村，意味就完全改变了，养尊处

优的女主人公的设置也便没了土壤。倘若电影《我不是药王》中的男主人有钱有势，后边一系列的情节也就不足以展开了。该故事侧重表现底层人民的挣扎和无奈，如果有一个位高权重的人参与其中，所有的问题也就不能称之为难题了，故事中也便没了困境。而整个故事放在小城市的某个角落更能揭示出主人公的性格特征，能更好地展开情节，整个剧的灰色基调也便更加浓重。具体到每个场景的背景贴合问题，则应当结合视听语言的知识进行分析，同时注意把握好场景中的细节。

2. 与类型化故事的贴合

成熟的商业剧运作应向着类型化靠拢，创作作品时要考虑到接收效果。某些形散的故事素材或者很难操作的材料，可以向着类型化的方向整合。例如《神探蒲松龄》，本来主人公是神鬼故事的创作者，但作者把故事写成了一部富有悬念的推理剧，规避了单纯题材的风险。

3. 个人风格的改造

仅仅有真实感是不能使故事具有独创性魅力的，停留于单纯摹写现实或作懒汉式纪录必然导致作品流于平庸，原因是其缺乏新的灵魂。剧作者在创作故事时，需要按照自己的思维方式、表达特点等使得素材具有新的风貌，体现出独有的形式或内涵。

个性化创作是故事写作的必要部分，也是故事能够具备卖点的关键性因素。作品的个性化创作集中体现于熟练运用视听语言创作出独特的表现对象。

创作者的人生理念、生活体验都会融进作品中。素材的个性化创作，需要创作者调动潜质，创作出与众不同的作品。需要注意的是，每位创作者都有自己擅长的写作题材，在创作敏感区，才容易有独到的发现，才能充分把握表现对象。寻找到适合自己的写作类型是写出好作品的前提。例如，让某位知名历史剧编剧去写一部家庭伦理剧，其思维方式，素材的积累都是难题，即便有些所谓的全能写手也不能超越自身的局限。

虽然对素材的选择和改造方法众多，也有新的理念出现，但整合素材并不能随心所欲，整合素材的目的之一是增加故事的可视性，除此之外，更主要的目的是使创作出的故事内在符合创作者表达的需要。比如贺岁片《神探蒲松龄》中的故事本来就是蒲松龄的精神写真，是蒲松龄内心世界的一种写照，将这些虚构的故事融入蒲松龄的故事，它们的精神是一致的，可以说，这种经历本来就是蒲松龄的心路历程，这样也达到了创作者丰富主人公形象的目的。而在《如懿传》中，故事发生的时代背景虽然

图 1-9 《神探蒲松龄》剧照

图 1-10 《如懿传》剧照

是清代，但其中的情节，人物所思所想的原型，都能在现实生活中找到，观众在看影视剧的时候心灵自然而然就受到触动，这都是素材整合带来的效果。

（三）考虑观众趣味

写观众看得懂感兴趣会认同的故事。只要你的作品是打算给观众欣赏的（除掉写作的目的是孤芳自赏、自我发泄、圈内交流的），就必须在创作的时候有观众意识。

（1）明确并了解自己的目标观众。要明确故事写给谁看，他们的爱好是什么，他们希望故事向着怎样的方向发展。要尊重目标观众的价值观、道德观，清楚目标观众对于此类事件存有什么看法，是否喜欢故事中的人物。评判一部作品的最高也是唯一的标准是观众的认可或认同，而观众总是认同真实、真诚的东西。

（2）作者必须写自己能把握得了的生活，选材要选择自己熟悉的；内容和思想层面的表现都体现创作者对生活的观念和体验，创作者的表达是属于他自己的，而不是照搬别人的。

（3）作品必须选用生活中的题材和人物。有些角色看似来自科幻世界，但性格和感情源自真实的生活，以保证故事按照观众可以理解的逻辑发展，即做到合情合理。故事来源于生活，但不是照搬生活，需要高于生活，要对内容有所提炼。生活中真实发生过，绝对不是写作故事的理由，任何事情都可能发生，但是实际发生的只是事实，不是真理，更不是艺术作品；只是对事件进行罗列，也不会产生引人入胜的故事。

（4）提炼生活，绝不是把生活抽象化，失去生活的细节和原味。作家可以通过体验和其他方式，增加生活积累，积累包括素材积累、感情积累、感悟见识积累（见识可以穿透、观照、提升生活素材）。

（5）尊重目标观众的智力水平和欣赏习惯。如果目标观众的认知能力有限，那就

不要玩弄大架构的故事，要尊重目标观众的生活经验。在观众的生活经验基础上创作才能创作出“接地气”的好作品。

（6）有些作品从形式看貌似是在挑战观众，而事实上，它一定在更高或更深层面上迎合了观众的心理。

四、创作者的素养

1. 创作者的类型

（1）灵感型与职业型。前者指根据个人的创作灵感自由写作的创作者，他们创作的自由度较高，往往能够创作出别具一格的，体现个人风格的作品。后者则往往是应制片人的约请进行规定写作的创作者，他们在提供的故事框架基础上进行再次创作。

（2）常规型与非常规型。前者遵循常规的创作程序和方法，作品较为中规中矩，合乎规范。后者则天马行空，无章可循，较为奔放。

2. 创作者的积淀

（1）丰厚的生活积累。故事创作的灵感来源于生活，创作者需要在生活中积累意象、情感、见识等，得到超乎一般的体验。

（2）敏锐的感受能力。见他人所未见，感他人所未感，创作者尤其对于震慑心灵的事物应有敏锐的觉察能力。

（3）饱满的情感。故事如果打动不了自己，就不要妄图打动别人。不动情感地创作，也不会创作出鲜活的作品。创作者需要对创作出的世界动感情或者本身对创作出的世界蕴藏深厚情感，这是写作的驱动力。

（4）丰富的想象力。没有丰富的想象力，便无法创作出具有艺术感染力的作品，一切创作只能是生活的照搬。想象力是艺术创作最需要的能力，用于戏剧人生的再造和创造。

（5）穿透生活的理解力。创作者需要有必要的人文素养，同时要有较高的理解力。好的作品需要有境界和深度，这需要创作者具备多方面的能力，才能用自己独到的见解引领观众。

（6）驳杂的知识。创作者需要丰厚的人生阅历和积淀，否则在创作剧情时无法驾驭各种情境，同时在真实性层面也会存在诸多隐患。

（7）娴熟的技巧与扎实的专业知识。创作者需要有专业的知识和技巧，才能掌握故事的创作。

3. 如何提高自身素质和能力

（1）大量阅读文学作品，熟悉各种类型故事，寻找创作灵感，同时提高理解能力。

（2）大量分析影视作品，阅读分析性评论，分析影视作品的优劣处，探究其内部构造，学习创作技巧。

（3）动笔进行大量写作，一方面可以积累资料，另一方面可以训练想象力和文字表达能力。

（4）精心打磨自己的作品。好的作品都是改出来的，对于已经创作完成的故事，要多研磨修改，同时训练应用技巧的能力。

思考与练习

1. 比较一部话剧和其同名电视剧，谈谈电视剧与戏剧的异同。
2. 怎样看待电视剧与电影之间的差异性？
3. 怎样理解“艺术的最高技巧就是无技巧”这句话？
4. 怎样理解艺术与生活的关系？

第二章

剧本的写作规范与要领

根据不同要求，写出的剧本形态也不尽相同。我们这里主要研究的是分场景剧本，它与分镜头剧本和镜头记录本的联系和区别会在后边提到。

一、剧本写作的阶段性步骤

剧本写作的前期，即分场景剧本之前有 2 项内容要写：故事大纲和分集梗概。

（一）故事大纲

将故事梗概雏形记录、整理下来的文字稿便是初步的故事大纲。写作故事大纲要用叙述体的形式，而不要用剧本的形式。通常的写法是，在文稿的第一段先介绍清楚故事发生的时间、背景、主要人物身份、人物姓名以及事件的起因，以下则以大的动作起止为依据，分出叙述段落，将故事一段一段地讲清楚。

无论对于电视剧还是电影，在起初的寻找伯乐阶段，为了使制片方对剧本的内容有个大致了解，需要起草一个故事大纲。但在这个时候剧本还没有成形，仅仅是有一种意向。因此故事大纲写作需要言简意赅，只需要把故事构架写出来，不一定非常完善和完整。要尽可能地把故事的卖点展示出来。“卖点”强调的是所编故事能够“吸引观众连续收看”，以收视率作为参考。

也可以将写故事大纲看作将题材以略近于短篇小说的形式加以扩充，内容包括主题、人物、时空、情节、思想与起伏，其中，对白像文艺作品那样，用来发展情节，或引出某个角色，而非像戏剧或拍摄脚本那样发展。故事大纲极似文艺作品，却不像文艺作品那样细致而华丽，因为它只是影视剧脚本的前身，亦可称其为影视剧脚本的种子、源泉。

例：电影《我不是药神》的故事大纲。

一位不速之客的到访，打破了神油店老板程勇的平凡人生，他从一个交不起房租的男性保健品商贩，一跃成为印度仿制药“格列宁”的独家代理商。收获巨额利润的他，生活发生剧烈变化，被病患们冠以“药神”的称号。但是，一场关于救赎的拉锯战也在波涛暗涌中慢慢展开。

这段故事大纲的描写，交代了故事的背景环境、人物的离奇遭遇等，内容新颖，做到了卖点清晰。同时，人物性格也呼之欲出。这段故事大纲，昭示出故事将非常有“料”，这是一个具有强烈话题性，极富戏剧色彩，情感浓郁的故事。

再来看一个短片的故事大纲。我们选取十分钟短片《钢城花园》的故事大纲为例。

陈远达是一名房屋检测员，能言善辩的他在解决一栋住宅危楼的纠纷后，遇到了钢城花园的住户郑先生。郑先生请陈远达为自己多年未检测的房子做鉴定，小时候同住钢城花园的陈远达答应了。两人驱车前往，却发现郑先生的房子已经在多年前倒塌……

这则故事大纲的表述较为平实，集中交代了故事中人物的身份、特点，以及主要故事情节和矛盾冲突。同时，在结尾设置悬念，吸引人继续观看。修饰性词语较少，语言简洁明快。

（二）分集梗概

分集梗概专门针对电视剧创作而言，其他场次不算太多的剧作则不需要写分集梗概，直接进入分场景写作即可。对于电视剧的编剧来讲，写分集梗概一是为了使制片方对剧作有更好的把握，二是为故事写作规整创作思路，特别在多人共同完成故事时，更是需要这一环节。分集梗概虽然不要求按场次详细描述，但每一集戏中的主要事件、人物状态应该简要写出来，有时甚至要写主要场景中的情节。因为创作者有不同的写作习惯，创作出的分集梗概详略区别很大，有些成熟的剧本分集梗概，常常只需要加上对话与场景，就能成为一个完整的剧本。例如电视剧《那年花开月正圆》第一集梗概。

图 2-1 《那年花开月正圆》剧照

周莹跟着养父周老四来到关中讨生活。父女俩在泾阳城里卖艺谋生。周老四在周莹的配合下，卖力表演自己不怕大刀砍的“功夫”，场外却有一个勇猛大汉高声质疑这是在吹牛，他用尽全力，挥着锋利的大刀砍向周老四的腹部。周老四轰然

倒地。周莹见状，扑向爹爹哀号不已。众人见她可怜，多给了些赏钱。壮汉离开之后，却见周老四睁开双眼，全然没有受伤的样子。这精彩的把戏出乎人们预料，大家齐声喝彩。在一个不起眼的角落里，却见周家父女和那大汉开始分钱。周莹到市场上闲逛，遇到一个乞丐被吴聘的马车撞到了，乞丐哭诉着要银子，周莹只一眼就看穿了这个套路。一个书生打扮的人出现，戳穿了骗局。周莹赶到吴聘面前假装着急忙荒地寻人。周莹骗到银子后转头回家，只听周老四说，这次把女儿卖到沈家。周莹来到沈家，服侍的正是二少爷沈星移。正闹着脾气的沈星移大喊着要喝茶，又嫌弃周莹端来的茶太烫，抬手就要打她。周莹巧躲过，反而一脚过去，沈星移被踹得趴在地上。沈星移被爹爹叫去，拿家法罚了一通。晚上，屁股开花的沈星移吵嚷着不睡觉，找借口折腾周莹。吴聘受邀到新开张的隆升和店铺喝茶，却见到那天赶走乞丐的书生。书生叫杜明礼，一心拉拢吴家做生意。吴聘的父亲吴蔚文颇有城府，回绝了这份生意上的邀请。

梗概较为翔实，基本涵盖了第一集中的主要事件，情节描述清晰，加上人物情态，再加上对话就可以成为分场景剧本。

（三）分场景剧本

分场景剧本是分镜头剧本的基础，创作者不仅需要把每个场景里的情节详细地描述出来，人物的语言、动作、情态也都应该展示出来。

在分场景剧本写作中，需要包含以下几点内容。

（1）标题（片名）/ 作者。

（2）人物介绍。标题之后，正文之前，列一个主要人物表，介绍一下人物的性别、年龄、身份和简单的性格特征。

（3）正文 / 标头。含场景号、场景、时间和内外景提示，例：6. 会议室　日　内。

（4）场景转换。地点转换则场景转换，需另起标头；会导致视觉效果发生较大变化的时间变化也属于场景转换。

（5）必要的提示（标注）。角色第一次出场要予以标注（通过字体 \ 颜色的变化等），并交代其基本情况（年龄 \ 职业 \ 外表及状态）；人物描写和环境描写根据需要或生动具体或言简意赅；特殊的声音效果和视觉效果要标注；闪回、梦境要提示，特殊视角要提示；对白写作包括说话人、说话神态、说话内容；脱画音和画外音要标注。

例如，电影《我不是药神》中的前三场戏。

1. 王子神油店 日 内

印度风格浓郁的精油店里，程勇在这里。电话铃声响起，但程勇并没有接电话。程勇向烟灰缸里弹了弹烟灰，点着纸牌游戏。

2. 街道 日 外

街道上依旧嘈杂。宾馆老板走向神油店打开门，门口迎宾的小挂件响起声音。

宾馆老板：老程！

3. 王子神油店 日 内

宾馆老板：房东电话又打我那儿了，我说你没开门。

程勇做了个感谢的手势。

程勇一脸颓势：谢了。

宾馆老板：房租赶紧付吧。

程勇：交不出来啊，没钱，东西卖得不好咯。

宾馆老板无奈地正要往外走。

程勇：我上次给你的那批油，你小旅馆里摆了不？

宾馆老板：摆了，没人用，现在都用伟哥，没人用这玩意儿，你那玩意儿我用过，没用。

宾馆老板走了。

程勇：没用，自己不行啊。

二、剧本格式

剧本写作并没有约定俗成的固定格式，只需要按照自己写作习惯的同时，尽量符合拍摄的要求。也即：（1）要明确地分场景。每个场景都写明场地、时间（日景或夜景）、内景或外景及人物。（2）要有镜头感和画面感，即用画面进行思维，所有的表述内容都要想到用视觉化的方式和声音来呈现。

例一。

场：2	景：公堂
时：日	人：九王爷、何谨、牢头、众狱卒、众衙役

△“公正廉明”的横匾

△九王爷穿着官服，一脸严肃

△大批武士站立两旁

王爷：[冷笑]何大人，圣旨已下数日，请问你征召了多少宫女？

何谨：[颤抖]一个也没有。

王爷：[冷笑]何大人，你这是把圣旨当成耳边风了？圣旨要你征召全城女子，你居然一个也不抓，你这不是抗旨欺君吗？

何谨：[颤抖]王爷……王爷……抓来的人都被王爷卖了，哪来的人？

王爷：[冷笑]哦？被孤王卖了？大人有何证据？

何谨：狱卒与牢头异口同声，可以作证！

王爷：来人，传牢头与狱卒！

画外：是！传牢头与狱卒……

——选自台湾陈文贵的《财神也是人》

港台相当一部分编剧喜欢采用这种形式写作，与分镜头剧本更为接近，或者说已经是一种分镜头剧本了。这种写作方式需要区分对话，写作的连贯性稍弱。

例二。

1. 某海鲜城　外景　夜　外

这是一个高档的海鲜城，门前停着一排排的高级轿车。

老陆的公鸭嗓在画外响起：还在谈，没什么希望。

2. 海鲜城二楼卫生间里　夜　内

老陆一边嗯嗯地打着电话，一边蹲下身子挨个蹲位看着，确信无人，站起身来：今天可能谈不出结果了。文哥让你们在门口等着，不要乱来。好，就这些。

3. 夜总会303包厢　夜　内

张信东放下电话，一脸亢奋：大伙听着，咱们哥们儿在江湖上扬威立万的时候到了！平常都是小打小闹，练练兵，从今天开始，咱们要占山为王！今晚这一仗，咱们要打出威风，打出水平，谁要是给我整砸了，军法从事！

——选自《绝不放过你》第一集

国内大多数编剧采用这种方式写作，比较一气呵成，不用刻意区分人物的出场和对话等，但缺点也显而易见，不能一目了然。

写剧本应该学会根据梗概写剧本，从故事梗概到分场景剧本还有很远的距离。

三、其他剧本形式

1. 分镜头剧本

分镜头剧本亦称导演剧本或导演工作台本，是将电视剧剧本中的文字内容分切成一系列可以摄制的镜头内容的一种剧本。分镜头剧本需要充分体现导演的创作意图、创作思想和创作风格。分镜头之间衔接必须流畅自然，画面形象须简洁。分镜头的目的是把导演的基本意图、故事以及形象大概说清楚，不需要太多的细节，细节太多反而会影响到导演对总体的认识。此外，要注意对话、音效等标识需明确。

2. 镜头记录本

镜头记录本是场记负责完成的记录整个拍摄过程的剧本形式，是场记的工作台本，详细记录着拍摄时各个场次的顺序，主要为后期编辑提供依据。内容包括镜头顺序、摄法、画面内容、台词、每个镜头的拍摄次数，以及每次拍摄的时长和效果等。

四、注意事项及案例评析

（一）注意事项

1. 编剧的剧本是一剧之本，制片主任拿到后就能核算出成本，导演拿到后就能计算出每场戏有多少个镜头，因此能够明确的部分尽量单独标出，例如场次，日景还是夜景，内景还是外景，这样制片方拿到后计划起来就很方便。

2. 要有镜头感和画面感。编剧需要有基本的视听语言素养，能熟练掌握分镜头剧本的要素和写作方法，尽量使剧本内容方便后期拍摄。影视剧本的文本特征包括两个：笔法与章法。章法即各种写作技法。笔法，即影视剧本艺术地描述内容时，在文字表现上不可背离的特征与规则。这个特征与规则，简而言之，是以文字为媒介，艺术地综合展现运动中的造型；详细说，即体现为视觉的形象性、影像的运动性、造型的综合性、展现的艺术性。

（1）视觉的形象性

苏联导演普多夫金认为，小说家用文字来表述他的作品的基点，戏剧家所用的则

是一些尚未加工的对话，而电影编剧在进行这一工作时，则要运用形象思维。编剧必须经常记住这一事实，即他所写的每一句话将来都要以某种形式出现在银幕上。因此，他们所写的字句并不重要，重要的是他的这些描写必须能在外形上表现出来，成为形象的一部分。

小说家用文字传达作品内容，但是在影视剧中，这就绝对要不得了。小说中抽象至极的话，在银幕上根本无法表现。在影视剧本中，要尽可能地避免说明性、陈述性的文字，无论是对剧情的交代，还是对人物的描写，以至于对人物的心理介绍，都应使之形象化。

（2）影像的运动性

所有上述视觉造型，均应保持在动态的过程中，尽量避免静止，并时刻记住：这种运动中造型的最终目标是表现人物及其关系、背景及其意义、情节进程及其内涵，而不可只为造型而造型。

影视的动态可从两个方面考虑：表象方面，有画面内部的动态造型与画面外的动态造型；内涵方面，有影视形象的内在动态与外在动态。

（3）造型的综合性

上述种种运态造型，还必须具有综合性的艺术表现力。所谓艺术表现力，是指有机融入综合性表现手段，以营造充满艺术魅力的戏剧内涵。综合性表现手段是指在视像营造中所使用的除文学（文字）外，诸如雕塑、绘画、声音、戏剧、建筑、灯光等造型方法，目的是通过“表象”或“意象”，来展现、强调或象征要传达给观众的视听内容。

编剧在重视视觉造型的同时，还要重视对声音的描写。视听作品中的声音包括三种：人声、音响和音乐。另外，编剧还要善于运用声像对位这种艺术。此外，雕塑、绘画、建筑、灯光、舞台调度等，也是不可忽视的表现手段。

（4）展现的艺术性

所谓展现的艺术性，主要是指剧本语言通过综合的、运动的形象表述每部分、每一声景乃至每一个镜头时，既要丰富，又要简洁，既要起伏变幻，又要自然流畅。即要求编剧在行文上，不宜写得过满、过实，应该给导演留下再创作的余地，应该给读者留下必要的想象空间；还要求编剧在充分利用蒙太奇手段，追求画面的简洁明快又跌宕起伏的同时，一定要注意避免造作牵强，人为痕迹过浓，使之有失真处或生硬感。

（二）案例评析

海关的钟声刚停，客轮就拉响了汽笛，其声呜呜，如古代军中的号角声响，又如老牛拖长疲惫的声调闷叫。一缕黑烟从烟囱里窜出、融散，然后弥漫于海面。

车船启动之际，照例是最热闹的时候。客轮内，人声鼎沸，临时搭凑成一个五光十色的“小社会”。这小社会因为空间距离的骤然缩短，各色人物只好在对方眼睛中一览无余地展示自己。

这是小说当中一段典型的场景描述，我们尝试把这段场景内容写成分场景剧本。

1. 码头　日　外

海关大楼上的大钟

沉闷的汽笛声

喧嚣的码头，嘈杂声

客轮上，人们向岸边告别的人群挥手，客轮缓缓离岸。

图 2-2　《法国中尉的女人》剧照

表面上看仅仅是语言表述发生了变化，实质是创作者的思维方式乃至叙事方式发生了根本性的变化，这段表述注重画面性，几乎一句话就能成为一个镜头的内容，表述较为精准，信息量大。

再如电影《法国中尉的女人》中的一段。

莎拉起步沿着伸向海中的石码头走去。

海风怒号。

莎拉全身黑衣，她走到石码头的尽头，停步，呆呆地望着远处的海。

每一句话精准对应一个镜头，不仅描述了人物及其行为、神态，以及景色、环境气氛（连同音响效果），而且行文过程中还展示了人物及景色彼此的角度、方位，构成了具有强烈空间感、立体感的影视片段。

我们再来看一个详细介绍人物的场景，节选自电视连续剧《聂耳》。

一艘往来于上海与越南之间的法国商船开进黄浦江，停泊在上海外滩铜人码头。

拥挤不堪的大仓口，有些穿南方服饰的旅客，熙熙攘攘地下船，人群中挤出一位

青年，他用敏锐明澈的眼睛注视着上海，傻笑着把右手举了举，手中提着一个破旧的粗布口袋，口袋中露出一支新的玉屏箫和一根笛子，袋口边用布带系着一把月琴。左手提着几包沉重的药材之类的货物。

图 2-3　《聂耳》剧照

后面一位旅客的大箱子冲碰上来，把他的右手和布袋碰向左前方，月琴碰在他左手提的药材包上，“嘣”的一声，断了一根琴弦。

青年把他那敏锐而惊讶的目光从高大的建筑物上急转回来。

在青年左边的商人薛老板，把自己肩上的两只连扣在一起的大麻袋移放到青年的左肩上来。

青年勉力支住。

薛老板喊：聂守信，快走！

青年驼着重负，急往前挤。

麻袋上有“云南云丰商号”六个大字。

这段文字，描述了聂耳初到上海时的情形，几乎每一句都是可见的，如轮船、码头、拥挤不堪的大舱口以及人物的服饰、道具、对话等。这段文字交代了故事发生的地点、时间，以及人物的来历、身份、个性爱好，人物之间的关系等。这些外在的内容描写得非常到位。同时，通过那双“聪慧明澈”的眼睛和人物的举手投足，观者感知到了人物的心理感受和由于所见所遇人物内心发生的一系列微妙变化。起初，因为新奇，兴奋，他几乎忘记了一切，继而又不得不回到现实中来，替薛老板卖苦力。

图 2-4　《嘻哈英熊》剧照

下面是国产动画电影《嘻哈英熊》剧本开场部分的描述。

第一场 日 外 森林湖边

森林里，美丽的湖边绿意盎然，一场盛大的动物聚会正在进行，鸟儿盘旋在空中唱着小曲，猴子们敲打出欢快的节奏，天鹅在水面上翩翩起舞，小动物们聚在一起，在音乐声中有模有样地摇头晃脑。

憨态可掬的棕熊“大山”带着儿子“嘻哈”搅乱了动物们的狂欢。他们的舞蹈和聚会中的乐曲显得有些格格不入，但大山父子俩依然乐在其中，他们甚至还说唱起了自己的主题歌《嘻哈至上》。

嘻哈嘻哈嘻嘻嘻哈

生活本该笑哈哈

嘻哈嘻哈嘻嘻嘻哈

什么事都难不倒

熊仔和熊爸 嘻——哈！

一曲唱罢，嘻哈伸手与小伙伴们挨个击掌，就像个小明星，大山也向大家鞠躬致谢，可大家纷纷对他的舞蹈投来无奈的眼神，表示实在是欣赏不了这个舞。

致谢完后大山突然找不到儿子了，他着急地到处张望。

原来小嘻哈跑到了冒险家大嘴鹦鹉面前。大嘴向小动物们讲述着自己神奇的冒险经历。

大嘴娓娓道来：我去过世界各地的古迹、城市、海滩。

小朋友们眼睛放光。

大嘴加快语速：我坐着火车，穿越海底隧道，我乘着飞机，飞越五湖四海。

小朋友们一片惊呼，抬头仰视着大嘴。

嘻哈发问：你自己会飞还用坐飞机吗？

大嘴说：正因为自己会飞，所以才要去领略一下人类发明的巨型大鸟啊，那感觉真是棒极了！

大嘴接着说：我是第一只上飞机的鸟，为此我还上了电视节目呢！

嘻哈和一众小朋友张大嘴巴羡慕不已。

之后，我学会了各国的语言，能与人交流，我就能展开更多的冒险，而只有冒险，能够使我时刻保持清醒。大嘴像佛一样盘起双腿飘在空中，阳光照在他的头顶，形成一个光环，像天使头上的光圈。大嘴还应景地哼出了一段神圣的音乐。

一众小朋友闭目感受这神圣和谐的气氛。

嘻哈听得兴奋：哇！

大家吓了一跳，大嘴吓得摔坐在地上。

嘻哈问：那会不会很危险？

大嘴发现自己失态了，立即腾空。

嘻哈问：怎样才能去冒险呢，大嘴叔叔？

“首先这得听你爸的，这只鸡也不是你叔叔。”大山突然出现，拉着儿子要走。

大嘴飞过来：大山，小孩子听个故事有什么？

大山警告大嘴：别教坏我儿子。

小朋友们都散开了，嘻哈怯怯地站在爸爸身边。

大嘴说：瞧，他是多棒的小伙子啊，他应该有他精彩的人生。

大山说：他只是个小孩，这么小谈什么人生？

听到父亲这么说，小嘻哈生气地流下了眼泪：如果妈妈还在，不会让你这样对我！

大山惊讶地看着儿子，对大嘴说：我只是希望我的儿子安全。大山叹了口气扭头走了。

嘻哈委屈地抬头看了看大嘴，大嘴给他做了个圣人的姿势，冲他眨了眨眼，示意他跟上爸爸，破涕为笑的嘻哈回头跑向爸爸。

鸟儿们开始表演“野蜂群舞”，他们在空中穿梭飞舞像是在穿针引线，看呆了的嘻哈连连叫好，坐在身边的大山看可爱的儿子恢复了快乐，拿出一个苹果准备递给儿子。

“砰”，一声清脆的枪声响彻天际，大山手里的苹果被打了个稀烂。

是枪响，快跑！大家惊叫着四散逃窜。

冒险家大嘴飞起要去前方一探究竟。混乱中，嘻哈觉得当小英雄的机会来了，急急追着大嘴的方向而去。

举着半拉苹果惊魂未定的大山，回过神来瞥见儿子冲向了危险，大山大喊：嘻哈，给我回来！

可儿子已经没影了，大山大惊失色，连忙追去。

第二场 日 外 森林树丛

树影中，手握猎枪的盗猎者听到了动物们混乱逃窜的声音，里面熊的声音清晰可辨，他端着枪循声而去。

第三场 日 外 森林 铁路

大山追出了很远，又是两声枪响，大山的恐惧袭上心头。

他急得眼泪都快出来了，朝着汽车引擎发动的声音狂奔而去。

大山连滚带爬地赶到时，一辆货车已经开动，车里传出嘻哈害怕的呼叫。他看了看货车的行进路线，转而冲进了森林，决定抄近路迎击货车。

大山用身体直接撞开了挡在前面的低矮灌木丛，离货车越来越近了，大山向着货车的方向双脚使力，飞身想要抓住车身。大山的爪子搭在了车后的帆布上，“刺啦”一声，帆布被撕开了一道口子，只见儿子用惊恐的眼睛看着自己，小嘻哈叫了声爸爸。

大山刚想抓住帆布下的笼子，“刺啦啦”，帆布彻底被撕裂，只抓着帆布的大山被重重地甩了下去。

从撕裂的帆布处，大山只看见车体上露出了一个古怪的图案。

大山和车的距离越来越远，大山终于被远远地抛在了后面。追到岔路口，大山停了下来，不知如何是好。这时大嘴飞过来。

大嘴喊：那边，往那边去了。

大嘴在空中给大山指引方向，两人一路追到了铁路上。

大嘴说：糟糕，嘻哈被运上了火车。

大山突然一怔，他看到远处那火车上也有那个奇怪的图案，他朝着火车狂奔了起来，可是前方的火车越开越快，消失在了远方。

“后边还有一辆。”大嘴在空中指引着。

大山顺势爬上了这辆运木头的火车，火车跟随着之前那辆，朝着相同的方向开去。

这是动画电影《嘻哈英熊》编剧王琦撰写的第一版剧本的前五场戏，还不是最后成形的样子，个别人物最后也没有出现。我们仅用其来学习剧本写作的表述方法。

这部戏的第一场完全是开场戏的标准写法，时间、地点，清晰明了，为了增强欢乐氛围，出场的动物非常多。主人公隆重登场，通过对话、动作和语态，小熊嘻哈和父亲各自的角色性格鲜明，人物关系明确，在第一场结束时，人物陷入困境，故事由此展开。

为了与舞台剧的写作方式相区别，我们感受一下话剧剧本，下面是金海曙版的话剧《赵氏孤儿》第一幕的开场部分。

第一幕〔黑暗中响起程婴的声音。〕

程婴：我就要当爹了，不容易啊，已经四十岁了。那么多年，我就是想要一个孩子，这孩子过几天就要生下来，我反而变得忧心忡忡、忐忑不安，不知自己该做些什么才好。生于乱世，祸福难知！这些日子，我每天都要做很多很多梦，每次在梦中，也都会有一个孩子。他从我的眼前跑过去，然后就消失在茫茫的黑暗里。每次，他一消失，就再也没有回来。这真是一个不吉祥的兆头，我知道，这非常不吉祥！这些梦像是想要告诉我些什么，可我却什么也不知道，什么也不明白。我只能为孩子祷告，苍天赐福！

〔灯光亮。赵盾府。一边是寿宴大厅，一边是赵盾书房。仆人穿梭，都忙碌地操办赵盾母亲的七十寿宴。赵盾在书房里写字。程婴站在一旁。〕

赵盾：就要当爹了嘛，你想得太多啦。

程婴：在下中年得子，喜出望外，请赵丞相赐名。

赵盾：你刚才说到乱世，说得好啊。如今诸侯争霸，其兴也勃焉，其亡也忽焉。谁也不知道这睡一觉醒来，明天的世界，又会变成什么样。我看你这孩子，就叫程勃吧。

〔赵盾写条幅，八个大字：其兴也勃，其亡也忽。〕

赵盾：这给了你吧。

程婴：谢丞相。〔端详条幅〕真是好字！

赵盾：去看看老太太起来了没有。

程婴：是。

赵盾：看到赵朔，就让他过来。

程婴：我这就去找。

赵盾：不忙。老太太寿宴要紧，一会儿客人多，别太乱了。

程婴：是。

〔程婴妻和公主两个孕妇在寿宴大厅上亲密地说话。听不清她们在说些什么，但偶尔能听见她们的笑声。〕

〔程婴从书房出来，步入寿宴大厅。〕

程婴：（对妻子）你别老缠着公主，让她歇歇。

公主（笑）说：是我让你媳妇跟我说话的，解解闷，你可别瞎操心。

程婴妻说：别理他，他就是喜欢多管闲事。

写话剧更注重人物的对话，人物的语言、动作等更为夸张，故事进展快，矛盾冲突非常集中，完全不需要考虑镜头，也不需要考虑视听语言的相关要素，更多的是注意演员的表演。需要提醒的是，传统戏剧有三幕式结构，我们在创作短片类作品时可以借鉴。

下面是一个短片的案例，我们选取了学生作业《夏天》的第一版剧本作为反例。

第一场 小狼病房　内　日

陷入植物人状态的小狼仍然在沉睡。护士为小狼更换吊瓶，在旁边摆上闹铃。打开录音机，希望能唤醒小狼。

第二场 精神世界的秋千　外　日

在精神世界中的小狼坐在秋千上，听到来自外界的音乐。

第三场 小狼病房　内　日

病房内的小狼依然没有任何反应。风铃摇动。

第四场 精神世界　外　日

精神世界的风铃响起。小狼与夏天相遇。

第五场 小狼病房　内　日

小狼从沉睡中醒来，拿起在床边的纸飞机。

第六场 精神世界　外　日

小狼回想起自己在精神世界里捡到纸飞机然后放飞的情景。

第七场 小狼病房　内　日

小狼试着将纸飞机放飞。

第八场 小狼病房　内　日

已经有所恢复的小狼坐在病床上摆弄录音机，听到熟悉的音乐后想起了夏天。

第九场 医院走廊　内　日

小狼走出病房，发现路过的医生身上掉下了一片花瓣。

第十场 精神世界　外　日

（小狼回想起）精神世界里也有同样的花。夏天与小狼一起聊天。在小狼即将苏醒之际，夏天送给小狼一个八音盒作为告别礼物。

抛开短片的内容不讲，该剧本十场戏过去了，仍旧没有提供多少实质内容。场景之间的变换不明显，本身短片是有旁白的，在这里人物的语言或是旁白都没有标注出来。语言表述的画面感很弱，不能明确区分镜头。此外，通过分场景剧本表现出的人物的性格不够鲜明。

下面是短片《扇子也疯狂》中的前三场戏。

第一场　老孙头家楼外　日　外

赵小虎拖着一个大行李箱，艰难地上楼。来到老孙头家门口，他从兜里掏出一张字条，看了看字条上的地址，又看了看老孙头家的门牌，确认无误后，按了门铃。

第二场　老孙头家门口　日　内

老孙头打开里面的房门，隔着防盗门的格栏上下打量赵小虎。

赵小虎堆笑着说：您是孙大爷吧，我是老常介绍来的。

老孙头一听老常介绍来的，这才打开防盗门让赵小虎进来。

第三场　老孙头家　日　内

赵小虎提着行李跟着老孙头进了门。

老孙头指了指其中一个房间说：一个月 300 元，要先给钱后住。

赵小虎一边点头，一边看着房间的陈列。

老孙头：房间里有些家具，你可以用。

赵小虎：好，谢谢。

老孙头：咱得约法三章，不允许你带朋友来家，这样会打搅我的清静；我每天晚上九点就要睡觉，你这边不能弄出太大的响动，影响我休息；还有就是不经允许不得进我的屋子。

赵小虎：行，我知道了。

老孙头点点头，转身回自己房间了。

我们且不谈短片的内容，仅就分场景剧本的表述来分析，其表述有镜头感，清晰交代了人物的动作和表情，人物的语言也被单独标出。

下面是学生作业《回来》中的段落，故事题材来自网络新闻。

6. 依依房间　夜

张平民宿的二楼：顺着楼梯转个弯向上，就来到了张平民宿的二楼。正对着二楼楼梯的，便是张平和梁华、谢芳夫妇提到的公共卫生间。它占据了二楼的西北角，由敞着的两个盥洗池和对应的男女卫生间两个部分构成。两个盥洗池在男女卫生间的门外，并列在一起，上方是一面有些雾蒙蒙的梳洗镜，还有两个盛放洗漱用品的置物架，上面理所应当地散落着民宿里常备的一次性牙具、一次性剃须刀、塑料的一次性水杯和小块装的香皂。公共卫生间以东的南北两排共有八间客房，相较于一楼，这里的标间和大床房都带有独卫，虽然独卫是用预制板加上带玻璃窗的塑料门隔出来的，但还是至少解决了有无问题。穿过走廊直到东边的尽头，正对着的就是依依的房间了。

依依的房间：原本这里是张平留给自己和依依的房间，但由于经营民宿要值夜班，所以大多数时候张平都是在楼下前厅里对付一觉。久而久之，这里变成了依依自己的房间，床也被依依布置得像个小公主之家：酒店通用的白床单上放着粉色的枕头和有着碎花的淡蓝色棉被，床头柜上放着一盏独角兽小夜灯，床上放着依依心爱的玩具熊，足有一米高，淡黄色的很惹人爱。床在房间的东北角，向西一点就是放着依依和张平衣服的帆布衣柜，衣柜整体采用的都是蓝色背景上有黄色月亮图案的布料，关节点材料由 PVC 塑料制成，结构由空心铝管支撑，是淘宝常见的 50 元爆款。衣柜的后面是一面画布质地的屏风，上面有仿木板的纹路，还印了一句“青春不散场”，也是充满了淘宝气息。屏风后面有一张朴实的实木茶几，上面丢着依依的鹅黄色书包，摊着几本小学四年级的课本及作业本，旁边还有几支蓝色水笔和一个塑料的蓝色小水壶。实木茶几的北边，是与它配套的实木沙发，上面垫了一张海绵坐垫，脏兮兮的海绵坐垫看起来已经很久没有洗过了，依依平时就坐在这里写作业。在茶几沙发的南面，原本是张平厨房的橱柜，现如今这个橱柜上堆了些用不上的锅碗瓢盆，和搬不下去的煤气灶、洗菜池，都落了灰。只有最靠近茶几的烧水壶上没有落灰，它也是依依唯一会用的厨房电器。烧水壶的旁边，橱柜和茶几的中间，是依依的小梳妆台，上面简简单单地放着一些儿童洗护用品，还斜放着一面没有包浆的镜子。西南角的厨房与东南角的卫生间被隔板隔开，这与二楼客房设置独卫的方式相同。依依房间的卫生间里有盥洗池、波轮洗衣机、马桶和淋浴喷头，并没有干湿分离。洗衣机旁堆着几个水盆，其中有个蓝色的，里面扔着张平换下来的外衣；还有个粉色的，里面扔着依依穿脏的一双小兔袜子。

人物：张平、依依

（张平、依依的服装描写）

张平旁白：我真没想到，是我亲手把我女儿推进了火坑。

这位同学的描写非常细致，但是，几乎所有的内容都是在交代场景中的道具，其实表现的也仅仅是一个镜头的内容，看似细致，实则无戏。这几乎完全是小说当中的语言表达方式。

著名的编剧罗伯特·麦基在他的《故事》一书中提出：“大师们一直在接受的挑战是，

从与社会环境冲突的形象开始，将我们带到复杂的个人关系之中；从言谈举止的表面开始，引导我们去透视内心生活，去发现那些不可言喻、不可觉知的东西，这是逆流游泳。”[1]可见，剧作的叙事语言必须用减法，还需要简净传神，减少夸饰。

思考与练习

1. 针对一部剧作进行讨论，说说它的优点和缺陷。

[1]　麦基 . 故事 [M]. 天津：天津人民出版社，2014.

第三章

题材选择与剧本定位

对于一个成熟的编剧来讲，最担心的是选题不能被制作方接受。有名的编剧会有人主动为其提供题材进行创作。对于初学者，提笔前最发愁选题了。制作方在选择故事的时候，经常读过梗概以后就发现很多故事根本没有拍摄价值，而编剧做了很多无用功。

广义上的题材，是指作为创作材料的社会生活的某些方面。如有的作品是农村题材，有的是工业题材。而狭义的题材，是构成影视作品内部的因素，是影视剧作品所描写的具体事物，是从现实的或历史的客观生活中选择出来，经过集中、提炼、虚构而成为影视剧作品材料的一组生活现象。

一般说来，素材成为题材的过程，是影视策划人、剧作家和各种造型艺术家对素材进行选择、集中、提炼、虚构的过程。将素材转化为题材的关键步骤是编故事。剧作家必须具备两个能力，一是文学语言能力，需要将日常语言创造性地转化为一种更具表现力的文学语言，生动地描绘世界并捕捉人性的声音。二是写故事能力，要将生活本身创造性地转化成更有力度，更加明确，更富意味的体验。

我们先从题材的分类开始，了解和掌握各类题材的特点，学习选择合适的题材，完成剧本的定位，进而有准备地展开故事的写作。

形成一定的类型，需要两个条件，一是拥有相对固定或数量可观的观众群体。二是形成一定的创作模式。由于各国家，各地域的文化、惯常思维方式和欣赏习惯不同，它们所选的题材类型也不同。例如中国香港喜好拍摄武侠和警匪类型的剧作，日本、韩国的言情剧传播甚广。即便在中国内地，不同的制作单位对于不同类型的题材有不同的偏好。

一、题材的分类

（一）按时间来划分

按照时间来划分，有历史题材与现实题材，古装戏与时装戏。

历史题材并非古装戏，我们需要明确历史题材、古装戏的时间节点。历史本身是个宽泛的概念，凡是过去的事情都可以说成是历史，人们习惯上把那些离得近的事件看作现实题材。改革开放后的内容虽然对我们来讲也是历史，但是现实题材。此外，历史题材需要有史籍史料作为依托，以真实的历史作为背景。古装戏唯有中国有，我们所说的古装戏，应当以清代作为界限。比如我们看到的《甄嬛传》《笑傲江湖》等其实跟真实的历史并无关联。近年来，内地（大陆）的古装戏受港台影响较大，商业化严重，基本上就是按照类型剧来操作的。古装戏中，又以清宫题材的剧作数量最多，最成气候。

时装戏是指那些反映当今人们生活的剧作，此类故事由于贴近人们生活，反映的生活情态和困惑与观众实际生活相似，容易触动观众情感，例如电视剧《欢乐颂》，电影《小时代》等，人物的遭遇总能引发街谈巷议，容易产生轰动效应。

（二）按来源划分

按来源划分，可以有改编题材和原创题材。

改编题材是指题材已经经过艺术加工并成为艺术作品，我们再在这些艺术作品上进行改编。由于在剧本产生以前，原有的艺术作品已经提供了较好的故事基础，而且这些艺术作品很可能在社会上产生了较大影响，所以采用此类题材来进行创作，成功的概率较大。原创题材是指所采用的题材处于没有经过艺术加工的原始状态，依据这类题材拍摄，由于无所依托，剧本操作难度较大，也有一定风险。

（三）按所涉及内容划分

按所涉及内容划分，可以有言情题材、武侠题材、社会伦理题材、农村题材等。

即便根据内容来进行分类，也不可能穷尽所有的类型，类型也在不断地发展变化。在此，我们仅仅研究言情题材、武侠题材、社会伦理题材和农村题材这几种类型，学习创作中应该规避或是注意的内容。

1. 言情题材

言情题材是以表现爱情为核心，以男女主人公经历误会，克服各种阻力而相爱为叙事线索，以幸福美满或悲剧性离散为结局的剧作。言情剧是亚洲地区的常见剧种，也非常受青少年群体和家庭主妇的欢迎。这个类型的剧作非常常见，甚至在其他类型

剧作中也能见到言情的成分。爱情是永恒的主题，永远不会过时，国内也出现过一些较好的爱情题材故事片，例如《过把瘾》《何以笙箫默》《微微一笑很倾城》《人间四月天》等。在剧情上，言情片以细腻爱情戏为主，力求淋漓尽致地展现男女主角之间的情感纠葛，因此剧情普遍较为缠绵唯美，又比较简单，因此也被俗称为肥皂剧。

这类型的故事，关键要写出新意，对于情感的把握要精准，太过于矫情让观众觉得虚假，太过于疏远又不利于情感的升华。这需要创作者具有良好的艺术功力和感受力。

严格来说，青春偶像题材应当属于言情题材的一个分支。这类题材国内做得还不是特别成熟，究其原因，除了生活情态和思维方式不同外，国内流行的实用主义损害了情感的纯真，爱情当中掺杂了太多其他因素。同时，观众的观影心理也不再停留在过去的水平，对于情感有了甄别，经常提出质疑。

2. 武侠题材

武侠题材剧作主要是中国拍摄得多，近年来韩国也出现了一些质量尚好的武侠片。武侠片最早盛行于中国香港，武侠题材剧作大致可分为三种：一是根据武侠小说改编而来的剧作，曾经出现过大量根据古龙、金庸、梁羽生等人作品改编的剧作。原著中故事生动，戏剧性强，人物性格鲜明，人物关系复杂，很适合改编。例如《雪山飞狐》《萍踪侠影》《射雕英雄传》等；二是根据业已存在的英雄人物来架构的故事，这些人物可能并没有太多的事迹可循，但英雄地位不可动摇。例如霍元甲、方世玉、陈真、黄飞鸿等。仅拿黄飞鸿来讲，有关黄飞鸿的电影就有不下 10 部，同一年同期上映的电影甚至出现过两个“黄飞鸿”打架。此外，以黄飞鸿为主人公的电视剧也不计其数，每部内容都不相同，创作者们根据人物的秉性创作出新的故事。

3. 社会伦理题材

国内社会伦理剧的鼻祖应当算是《渴望》，这类题材直击当下热点话题，从社会伦理角度对社会现象进行反思和引导，深得观众的青睐。伦理题材剧作有三个主要特点。第一，人性化。家庭伦理剧说到底是要表现人的本性，而人的本性是人作为自然的产物和社会的产物的底色和原貌，家庭伦理剧的确可以让我们洞见人的本性和原貌。第二，情感化。情感是家庭伦理剧永远摆脱不了的元素，情感犹如万能胶发挥着黏合的作用；同时，情感又是激发人们想象的发酵剂，让人们的想象不断膨胀。第三，社会化。虽然家庭具有个性化、私人化的特征，但人仍然是社会中的人，家庭也是社会中的家庭，特别是现代的家庭以及家庭生活，都存在着广泛的共性，正因为如此，家庭伦理剧的叙事才能让人产生广泛的联想和共鸣。家庭伦理剧当然不是宏大题材，一般仅局限于家庭叙事。

当代伦理剧总体上并没有多么复杂、曲折的故事情节，设计的人物线索也不是十分繁多，剧情大多舒缓推进。很显然，家庭伦理剧无意于以复杂、曲折的故事情节取胜，它们所设置的剧眼是一个“情”字，亦即家庭所蕴含的亲情、爱情以及友情。

例如《媳妇的美好时代》《我的美丽人生》《满堂爹娘》《婚姻保卫战》等。其实从广义上来讲，反腐剧也应该属于社会伦理剧的范畴。

4. 农村题材

农村题材剧作内容来源于农村生活，主要反映农村的生活风貌、经济文化、人生百态等。

农村题材电视剧，如有赵本山、范伟、潘长江等喜剧演员加盟的《马大帅》《圣水湖畔》《刘老根儿》《乡村爱情》等。总体来讲，近几年这种题材剧作较受冷落，但仍旧有着良好的市场前景。

（四）按播出的类型划分

依据播出的类型划分，则有电影、电视剧、网络小说改编影视剧的题材分类。

1. 电影题材的分类，还可以进一步细分，可根据场景、情绪、形式和年龄分类。

（1）按场景分：犯罪片、黑色电影、历史片、科幻片、体育片、战争片。

（2）按情绪分：动作片、冒险片、喜剧片、剧情片、幻想片、恐怖片、推理片、爱情片、惊悚片等。

（3）按形式分：动画片、传记片、纪录片、实验电影、音乐片、短片等。

（4）按年龄分：儿童片、幼儿电影、家庭片等。

2. 电视剧题材的分类

（1）当代题材（改革开放以来）。

（2）现代题材（年代背景为 1949 年至改革开放前）。

（3）近代题材（辛亥革命至 1949 年以前）。

（4）古代题材（辛亥革命以前）。

（5）重大题材。

3. 网络小说改编的影视剧的题材分类（无官方标准）

网络小说改编影视剧的题材主要分女性题材、古装历史题材、仙侠玄幻题材、都市生活题材、悬疑盗墓题材等。

一部作品具体的类型通常不是唯一的，并且也有很多其他新的提法。例如，我们可以说《战狼Ⅱ》属于娱乐与主旋律完美结合的文化自信题材；《人民的名义》属于现实反腐题材；《大国外交》属于生活题材；《我的前半生》属于主流价值观题材。

《战狼Ⅱ》用观众喜闻乐见的方式讲了一个爱国主义故事，但它又具有娱乐大片的所有元素，该片因为采用了中国海外撤侨这个现实主义题材，使得故事真实可信的同时又极具市场价值；《人民的名义》是一部反腐题材剧作，该片表现尺度大，真实还原了官场生态，取得了非常好的效果，此片的成功还得益于我国政府反腐倡廉的大环境。纪录片《二十二》真实地记录了“慰安妇”老人的生活，可以属于生活题材；《三十而已》作为女性题材的励志故事，其主要受众虽然是女性，但因为剧情涉及全职太太、闺蜜情谊、子女教育、代际沟通、重返职场、应聘歧视等诸多当下社会话题，从而获得了极好的收视效果。

值得注意的是，随着影视行业的发展，题材的选择更趋于多样化，尽管不同题材都可能取得市场成功，但是切合观众口味的题材显然胜算率更高。

二、题材的价值判断

随着影视产业的市场化，商业运作将成为未来影视行业运作的主体模式，当然，对艺术片包括参赛短片的价值判断又不尽相同。总体而言，对题材的价值判断主要从三个层面入手。

（1）政治价值。要注意故事中是否包含了某些社会敏感性问题或者引导方向的问题，这是我们选材之初就应该考虑到的。

（2）商业价值。所谓商业价值考虑的更多的还是故事的可视性问题。但是在可视性这个层面，题材的选择只是其中的一个方面，而且，对于故事的商业判断也不是就剧本而言，应该是一个全面的考量，当然，这些考量很多情况下，需要依托制作班底的经验，甚至带有一定的偶然性因素。

（3）艺术价值。艺术层面的追求很多情况下会让位于商业利润追逐，很多粗制滥造的故事就是这样出来的。其实我们的视听产品创作出来需要讲求质量，这种质量不单靠收视率或是票房来体现，应该更多地从其艺术价值层面体现。

三、价值判断的模式

（一）题材本身已然形成的社会价值

在选择题材或对已有题材进行市场判断时，首先要充分注意题材本身已然形成的社会价值并加以合理利用。题材本身已形成的社会价值，主要包括以下三个方面内容。

1. 文学名著改编题材

中外古今的文学名著为创作者提供了大量热门题材。由于原著的读者广泛，社会影响力较大，因此自然是很好的题材选择。

2. 热点人物及重大事件题材

对历史人物和热点人物进行处理层面，可以从环境背景去写人物命运，根据剧情的需要，从人物秉性出发进行创作。

3. 类型题材

假如前期的题材并没有太多的天然借力，可以考虑拍成类型题材，具体操作中可以杂糅多种题材，增强可看性。

（二）题材本身所蕴含的潜在社会价值

电视剧也是社会性商品，要尽量与观众的心灵接近，想方设法与观众产生心灵的沟通，没有这种沟通，就不能使观众产生共鸣。在这一层面，注意选材的时效性，有些选材本身有社会价值，但并不是当下人们关注的话题，选用时需要慎重。此外，对于有豪华风气的剧作来说，还要注重平民化风格，使得人物的言行举止、性格和情感接地气。

（三）故事的可视性

故事的可视性有许多的考量，初学者可简单地从以下几个方面来判断。

1. 新颖独特

对于我们创作故事者来讲，如果做不到“人无我有，人有我新”，故事就可以不写。没有新意的故事，对于观众来讲就是浪费时间。故事写作是一种艺术创作，需要找到与众不同的创新点。这种突破和创新，可以体现在内容或题材上，也可以体现在人物关系上，还可以体现在风格上。

并不是所有用过的老题材都不能再次启用，关键在于是否有新的立足点，是否能产生新的效果。某些题材被反复用到，证明这个题材具有极大的社会价值，“旧瓶装新酒”常常也能取得好的效果。刚刚上映的国产动画电影《小猪佩奇过大年》，在同类型片中票房成绩颇佳。小猪佩奇的故事，先前有各种版本，有图书、连续剧、电影版本。而这一版的《小猪佩奇过大年》非常精巧地把故事设置在一家人过大年的背景之下，使得佩奇的故事有了新的意义，这个故事就变得不同凡响，孩子喜欢，大人也跟着欲罢不能。

2. 精巧离奇

构思出来的故事应该是非同寻常的，精巧的故事未必一定离奇。离奇的情节或是人物关系也需要构思得合情合理，否则就失去了真实性。最精巧的故事其实蕴含在最平实的生活之中，编剧的能力很大程度上体现在对平实故事的挖掘。

3. 感动人心

初学者需要明确“动人”并非一定要让观众痛哭流涕。对于观看者来讲，包含着非同寻常情感因素的故事才能产生心灵震撼。很多生活题材的剧作写的都是寻常人家的家长里短，但从中观众能够看到他们自己生活的影子，剧作洞悉人性，于是产生了情感上的震撼效果。

描写人和人性应该是最不会过时的主题。电视剧《好久不见》中的女二号梦蝶和男二号葛天。美女梦蝶的拜金和高超的手段给予了这个人物天然的污泥，在剧中葛天为爱而赚钱，而梦蝶为钱而爱，每个人物的情感归属和人生走向在意料之外又在情理之中。剧中绿叶式人物衬托出诸多人物的命运，创作者用充满同情和关爱的笔触刻画出了平常人的生存状态，其间，在细微处又满含对人性弱点的体察和包容。对于这样的类反面人物，观众在审丑之余难免感到悲哀，悲哀过后心灵又融化于温情中，事件的喜剧性和人物的悲剧性得以深刻呈现，反面人物的创设意在将一场关于人性的泯灭和救赎的辩题呈现于世人眼中。

在描写人性时，不仅需要对特殊时期的历史进行独特观照，还需要着墨于特定时期人文环境下人的思考和人生抉择。选取的事件要能够折射人性，人性的光辉是艺术作品经久传世的神韵。创作时创作者需要以人文关怀的格局去体察笔下每一个人物最真实的心性。判断一部艺术作品的品质，看其阐释人性的深度尤为关键，尤其对于影视剧艺术更是如此。

4. 符合影视剧的叙事结构

并不是所有动人的故事都能拍出来，各个艺术门类都有自己的叙事方式和叙事结构。与电影不同，电视剧尤其是长篇电视连续剧更讲究故事性，这就要求故事本身要有纵深感，有发展的空间和余地。

故事要长于表现个人和外界的冲突。例如，追逐作为影视剧中的经典场面，反映的是社会对个人的追逐（冲突 \ 压力）。影视剧通过平实的生活化的内容表现个人间的冲突，如果错用文学语言，观众会认为失真，但此种情况不包括特殊的语言风格。

因此，写作影视剧本，在故事层面，要侧重表现人物与自然环境或社会环境的冲突。如果是根据文学作品改编，则必须淡化其心理冲突层面，而强化个人和外界冲突层面，从而增强戏剧性效果。

四、剧本的定位

（一）主题定位

任何一部影视剧脚本，必须有其中心情节，它是整个故事的灵魂、核心和能源。中心情节就是一般所说的主题。一部电影剧本是否成功，取决于许多元素，但剧本的思想深刻与否，则在很大程度上取决于作者对主题、主题思想的认识与把握。主题是艺术品的核心、灵魂，它对一部作品有着至关重要的意义。

主题不是抽象的思想，而是艺术品所体现出来的起主导作用的基本思想。一般来说，它并不单纯、孤立地存在，而是依附于具体、生动的艺术形象，从艺术形象中自然地流露出来。主题首先和题材相关。题材的选择，反映了创作者的认识。

1. 主题体现题材的价值

就影视剧而言，作品的主题就是作品的内容系统的主导因素和灵魂。而这里所说

的主题，就是从作品所描述的社会生活、所塑造的艺术形象中显示出来的贯穿全剧的中心思想和主导情感。

2. 主题影响审判取向

在生活中，思想和情感融合的瞬间极为罕见，但是，尽管生活将思想与情感分得很清，但艺术能将二者统一起来。影视作品的主题会影响人们的审美取向。由于影视剧是用画面讲述人生故事的，影视剧作品主题的审美取向就更为明显。

3. 主题决定人物格调

主题是影视作品要表现的意图与焦点所在，是将整个剧作中所有基本元素：人物、情节与结构以及各种艺术手段组合起来的统帅。

主题不仅是一种观念或者抽象性的道理，它还应该寓于具体的人物与事件中。为什么那些古老的、人人皆知的思想主题总能焕发新的活力？影视剧作者在考虑作品的主题时，至少要注意两点。

（1）从观众出发考虑主题，即要考虑主题对于普通观众是否有价值，有吸引力，那些假大空的道理越是冠冕堂皇就越惹人反感。

（2）有能力把握某一主题。创作之前必须清楚想表达什么与我们能够表达什么之间的关系，否则，空有理想抱负创作出的作品质量却不一定高。

人物与主题是不可分割的统一整体，影视文学的核心任务就是人物形象的塑造，创作者首先应抓住人物。

4. 主题决定作品的社会价值

创作者表达思想，但并非以哲学家那种公开而理性的方式，而是将思想隐藏在那诱惑人心的一个个具体事件之中。每一个有效的故事都会向我们传送一个负荷着价值的思想，将这一思想嵌入观者的心灵。故事需要讲真话或揭示真理，创作一部真诚的艺术作品永远是一种富有社会责任的行为。

（二）故事主题的类型

1. 从社会理性角度划分

道德观的主题，在影视剧作品中表达一种道德观念，中国古代戏剧是最为典型的道德观主题的作品；社会观的主题，通过影视剧表现社会存在的问题；艺术观的主题，既不涉及道德，也不涉及社会问题，而是要表达人性，人类共有的本性。

2. 从主观情感角度划分

根据这一角度，可将主题分为理想主义的主题；悲观主义的主题；反讽主义的主题。其中反讽主义主题又可分为两种，第一种是正面反讽：对当代价值——成功、财富、名誉、性、权力的追求将会毁灭你，但是只要你能及时看清这一真相并抛弃你的执着，你便能拯救自己。第二种是负面反讽：如果你一味痴迷于你的执着，你的追求将会满足你的欲望，然后毁灭你自己。反讽是最难写的，它需要最深刻的智慧和最高超的技巧。

（三）主题的话语精神

1. 政治话语

政治话语居于中心地位，有权威性。它占据着社会的公共领域，作为社会机器的组成部分，对社会发挥着适度的调控作用。它的主要作用是价值引导作用、行为规范作用和思想教育作用。“以科学的理论武装人，以正确的舆论引导人，以优秀的作品鼓舞人，以高尚的精神塑造人。”政治话语一方面通过从中央台到各地方台的系统来实现它的有效传播，另一方面也通过“五个一工程”、飞天奖等评奖活动来引导大众。

2. 大众民间话语

大众民间话语一般仅仅被理解为文化工业时代的一种产物——商业文化话语，而且人们对商业文化话语多有偏见，认为它是非升华的，以直接满足作为目的。这是传统的非商倾向的一种间接反映。商业文化与民间话语之间其实并不能画等号，商业文化与民间话语固然有世俗性、娱乐性的一面，但轻易对商业文化和民间话语做价值上的判断也是有点意气用事的。

3. 精英文化话语

精英文化话语是一种来自知识分子的话语形式，知识分子的自我意识——主体——成为作品的中心，作品围绕着主体的失落、追寻、迷茫和重建而展开。

很多时候这三种话语形式是紧密相连的。其中，政治话语的严肃性使得与艺术的生动形象性产生一种矛盾。而政治意识所带来的主题先行也与艺术创作规律不相吻合，这就使得作品在创作时，既要在观念上与百姓的日常情感相一致，也要在审美意义上有它的可看之处。这体现在人物形象塑造，故事构造等方面。民间话语也并不总是低级的，更多的是体现出对流行的审美趋向与伦理价值的迎合。

（二）风格定位

除了主题外，对影视剧创作而言，风格的确立也是至关重要的。可以说，这比讲好一个故事更为困难。有以下几个因素对风格产生影响。

1. 故事的前提

创作者在什么样的前提下讲述故事，这决定了观众在什么样的前提下观看电视。有的是在真实的前提下，有的是在假定真实的前提下，有的是戏说，有的是基本符合真实。

2. 影视剧的情感基调

中国影视剧大多以正剧为特色，即像《战狼Ⅱ》这样的剧作。中国曾经有过很好的喜剧传统，但当代并没有出现真正的喜剧大师，有了些娱乐成分较多的作品，但总体来讲，还是不足。

3. 叙事方式

一般说来，影视剧有两种叙事模式，一种是情节剧模式，有尖锐复杂的矛盾冲突，讲究情节的大起大落，人物关系复杂，命运跌宕起伏，采取这种叙事模式的影视剧占了大多数。还有一种是写实模式，故事中的人物很普通，写的事件也都是生活琐事，作品借助琐事展示引人入胜的情节。如短片《三公里》《硬币》等。

4. 节奏

对于编剧来说，所谓节奏其实就是情节的进度，它可以用单位时间内戏量的多少来衡量，戏多节奏就快，戏少节奏就慢。节奏的快慢并不能作为判断一部作品优劣的标准。

5. 语言风格

成熟的作家都有自己的语言风格，有时，语言也有叙事作用，如《大明宫词》，它用西方观念诠释中国历史故事，采用了莎士比亚戏剧的对话风格，人物语言充满哲理和诗意。而另一些电视中的方言，也有它的表意作用。

案例：

短片《三公里》主题及风格定位

一、一部含有悲喜剧色彩的短片，表现普通快递员为追求平凡的幸福生活，历经坎坷与辛酸，揭示老百姓脚踏实地的生活态度和锲而不舍的乐观主义精神，赞颂蕴含于国民性中的深厚而广大的积极力量。

二、坚决而有效地展现凡人小事，不惜用“显微镜”去观察琐碎的生活细节和渺小的人生困境，让大多数观众从这个视角看见自己，看见亲人，从而产生共鸣。

三、除了生动地讲述故事，最主要的目的是呈现一种坚忍不拔的精神，让同样处于各种“坎坷”之中的观众深切思之，并从中受益。

四、淡淡的喜剧色彩，不刻意追求表面效果，尤其要避免闹剧味道。在自然而活泼的风格之中，流露一线伤感与辛酸，能引发含泪的微笑便算完成最终的艺术使命。

思考与练习

1. 谈谈你对主旋律题材的看法，并扩展为在非主旋律剧作中对于题材的政治性应该如何把握。

2. 对原始素材的艺术处理要遵循怎样的原则？

3. 怎样理解对原始素材的个性化改造？

第四章

人物塑形

主人公在一部电视剧中的作用自然是不容小觑的。倪学礼曾讲："读人生的书，要读其中的细节和情节，更重要的是了解其中的人物；看人生的戏，要感受其中的情绪变化和境遇变迁，这台上的戏是现实中活生生的个体与他或她存在的环境以及环境中的其他人物之间发生的故事，一切的戏剧冲突都是以人物为中心在起承转合。"[1] 人物在叙事性作品中塑造得成功与否直接决定了作品的质量。电视剧剧作的创作从创作源头上讲一般有两种方式，一种是以人物作为先导来创作故事，另一种是从情节出发再来丰满人物。

毋庸置疑的是，故事创作的任务是写人，故事应该是对社会生活的一种艺术的反映，而社会生活都是由人的各种活动组成，没有人物，没有人物之间复杂的关系，就没有社会生活，没有社会生活中的矛盾冲突，也就没有故事。

无论在创作之初是先有的故事，还是先有的想法，只有注入人物，创作者才能将事件从无意的闲谈，提升为有生命力的故事，悲则令人泣不成声，喜则使人舞之蹈之。即便是观众念念不忘的剧情也是基于人物关系，在特定的情境中创造出来的，可谓有什么样的人就有什么样的事发生。所以，人物性格和人物关系才是情节产生的基础。学习故事写作需要明确的是，人物赋予了情节存在的意义。故事中的人物有时并不能明确区分是好人还是坏人，是命运和人生选择决定了他们到底是什么人。切记故事中的人物只是在生活，并不是在时刻战斗。

故事中的人，并不是孤立的，他是社会中的人，是生活中的人，是有血有肉的人，是有七情六欲的人。我们本章要学习的是写故事时如何确定描写什么样的人物，如何塑造人物，选择了人物之后又要如何构思故事。

[1] 倪学礼．电视剧剧作人物论 [M]. 北京：中国广播电视出版社，2005：17.

一、关于人物

反过来说，我们学习故事写作或者拉片子，也要从人物入手，把人物分析透彻了，就容易把握住故事当中的一系列艺术表现手法。故事中的人物需要具备几种特性。

1. 人物必须具备人类的“普遍性”

例如，人有食欲、性欲、知欲等人类本性；有对权力、金钱、道德规范的理性态度；有信仰、尚美、对艺术和精神方面追求的精神性。篇幅较短的故事，对于人物的普遍性涉及较少，但并不等于说创作者可以不了解笔下人物的普遍性。更多的普遍性可以从人物小传当中获取或者梳理出来。

2. 人物还必须有“特殊性”

如果一个人完全没有戏感，就无法引起观众的观影兴趣。世界上平凡的人多，特殊的人少，千百而不得其一。黑格尔在《美学》中讲道：“人物性格必须把它的特殊性和它的主体性融合在一起，它必须是一个得到定性的形象，而这种具有定性的状况里必须具有一种一贯忠实于它自己的情致所显现的力量和坚定性，如果一个人不是这样本身整一的，他的复杂性格的种种不同的方面就会是一盘散沙，毫无意义。”需要提出的是，黑格尔指出的这种“一贯性”并不等同于单一和平面。剧作者必须有丰富的经验与敏锐的观察力，在千千万万的人中，在平凡中求特殊。

下面从观众的需求和艺术的本质层面来分析我们需要塑造怎样的人物形象。

1. 憧憬

故事中的人物需要填补观众心灵中的缺憾或是空位，也是在补偿他们在现实生活中的不完美。例如，一个懦弱胆小的观众，喜欢看到剧中的人物变得强大无比，观众把自己的欲望和梦想寄托在了故事中的人物身上。年轻人崇拜偶像，也是因为偶像身上有着自己不具备却想要拥有的东西。

为了满足这种心理，创作的故事当中就需要有几个具备特殊魅力的人物，这种特殊性可以是外在的优势，比如说高富帅和白富美；也可以是人品等内在层面很高大，比如舍己为人等。美国好莱坞被称为“梦工厂”，它创造出了许多“美式”的人物形象，比如西部片中拿着手枪打抱不平的侠士；警匪片中除暴安良的警察等。国内影视剧也创造出了很多接地气的人物，比如刘胡兰、江姐等英雄人物；还有与命运抗争的小人物，比如张大民、黎阳等，他们虽然平凡，但发生在他们身上的故

事非常感人。这些人物都能体现出不同时期观众对于理想式生活和情感的追求。对于这样的人物，在塑造时，与现实生活距离太近，则无法憧憬；离得太远，则不够真实。

2. 认识自我

观众在观看过程中，实际也在与自己的内心对话，观众能从剧中人身上看到生活中的自己，从而产生情感共鸣，尤其是他们在故事中洞见人性，从而认识自己，认识周遭。当下很多生活流类型的故事，其中的人物都很平凡，比如电视剧《爷们儿李大宝的平凡生活》，短片《三公里》《米酒，正宗传统胜利老米酒》等，其中的主人公都是市井平民，都于苦涩的生活中，保持着昂扬的生活态度，这些小人物之所以令人感动，是因为观众能从他们身上看到自己或周遭人的影子。

3. 猎奇心理

观众往往对自己没有见过的或者日常生活中出现较少的新鲜事物充满兴趣。故事中经常能够看到一些反常或者畸形的人物，比如同性恋者、抑郁症患者、艾滋病患者等。基于这种猎奇心理创作出的人物，如《人民的名义》中的诸多贪官，《那年花开月正圆》中的杜明礼，《我不是药神》中的程勇。

另外，普通人都有嫉妒心理，这点并无特殊性，可是如果一个人的嫉妒达到疯狂，甚至杀人的程度，这就异于常人了，从而这样的人可以成为戏剧性的人物。还有坏人作恶多端，忽然做好事救人；严守妇道的妻子，竟然做出背叛丈夫的事……这些扭转都能满足观众的好奇心理。

当然，好故事中的人物，不仅仅人物的身份或者经历离奇，创作者还会借助这样的人物挖掘人类灵魂的深幽之处，从而刺激观众，使他们保持持续的观影兴致。

4. 宣泄

毋庸置疑，影视作品产生的作用中除了娱乐，还应当有“宣泄”的作用，“使得观众的本能欲望在得到满足时释放了紧张情绪，也使人的生理、心理体验到某种轻松欢悦，在一定程度上具有治疗效果”[1]。正是这种作品的陶冶功能，进一步使得观者的心灵得以释放。观众欣赏艺术作品某些时候也在寻求一种心理平衡，一些欲望难以满足，观众在观影的过程中可以宣泄情绪。例如，人们对于故事片中涉及的暴力和色情

---

[1] 彭吉象 . 影视美学 [M]. 北京：北京大学出版社，2013：156.

内容往往津津乐道，于是有了创作中需要“拳头加枕头”的说法。再比如人们观看比赛，实则在模拟参加战争，这满足了他们参战求胜的欲望。

二、人物类型样例

应当说，故事当中什么人物都可以写，上到帝王将相、皇亲国戚，下到贩夫走卒、三姑六婆都可以是脚本的最佳人选，关键在于这些人物必须有值得在观众面前呈现的价值。

这一部分仅提出部分人物类型，以此来分析和学习塑造人物的方法，我们不能穷尽所有的人物类型，在不同的场合还会有不同的人物类型提法。

1. 清官和贪官

普通观众对于社会现实表示无奈，寄希望于故事中的清官惩恶扬善。同时，人们也渴望正义和良知，希望惩治腐败，拿下贪官，于是诸如侯亮平、包公、于成龙等现代的、古代的清官和其打击的各色贪官粉墨登场，其间，贪官和清官之间的对立和斗智斗勇充满了戏剧性色彩。

2. 智慧超群的精英

这类型人物自带光芒，只要设置的情节能够凸显人物的智力超群即可。观众对高智慧者的崇拜之情随着人物在剧中的较量不断增加。很多情况下这种较量表现为正义和邪恶之争，也表现为智慧的较量。在《人民的名义》当中，除了主人公侯亮平令人印象深刻外，阴险狡诈的祁同伟同样让人难以忘怀，如果没有这个高智慧的反派人物，这部戏也不是现在的水准。

3. 成功人士

这类型人物主要表现出集权力和金钱于一身，但这样的人物在塑造时注意人物的秉性问题。如果仅仅只是赚钱神话显得过于虚假，更易于被观众接受的是较为丰满的人物，比如他尽管身体残疾，却创造出了商业帝国，成为强者。

4. 反叛者

对于反叛者的塑造，在一定程度上创作者已经承认了该类人物的秉性大抵是善良的，只是崇尚自由和反抗压迫。故事当中的反叛者的言行往往反映了观众或是剧作者想要表达的某种观念，这类型人物突破教条的束缚，甚至以玩世不恭的形象出现，释放了被压抑的人性，寄托着人们对自由和纯真的向往之情。

5. 好人与恶人

作为一对彼此斗争或是互衬的人物类型，好人和坏人往往同时出现。没有好人也就显不出恶人的邪恶嘴脸，没有恶人便衬不出好人的崇高伟大。我们国内的故事中，理想的人物形象往往和传统优良品德联系在一起，从而引发观众对于人物秉性的认同。从最早的《渴望》中的刘慧芳，《假如生活欺骗了你》中的大丫，到《人民的名义》中的侯亮平的妻子，她们无一不是温柔贤淑的，都是正面男主人公的贤内助，她们用柔弱的身躯承载起了诸多的苦难，她们秉性纯良，无怨无悔，彰显了人性的美好。虽然这类型人物似乎有些失真，但从剧作人物设置的角度来讲又是不可或缺的，这类型人物往往深得观众同情，创作者又可以借这类型人物直抒主题，是一种非常讨巧的人物类型。

常见的正派人物有以下几种类型。

（1）平正型。这类型人物是最常见的一种人物，品行端正，面貌端庄，善良。

（2）拘谨型。这类型人物比较有特色，他言语谨慎，行动拘束，在特殊的情势之下，又会有超常的举动。

（3）拙笨型。这类型人物多是有缺点的好人，因而能产生戏剧性故事。

（4）智慧型。这类型人物智慧高，但心思纯良，大多具有奉献精神。

（5）忠正型。这类型是忠臣文士型的人物，他们的机智未必胜过机智型，但品德高尚，忠诚正义，塑形的难度在于如何使该类人物具有个性化特征。

（6）刚愎型。这类型的好人，有时会因过于刚正而做错事，有心为善，却常常做了坏事。

（7）精豪型。这种人物多是很可爱的粗人，心地善良，行动粗鲁，如《水浒传》中的鲁智深、李逵等。

（8）火燥型。这类型人物性情急躁，丝毫没有耐心，一句不合就大吵大闹，这类型人物便于推动情节发展。

（9）纯真型。这一类型的人纯真未泯，不见得都是孩子，他们的生活经历大抵是平顺的，在故事中经常被坑被骗。

（10）自卑型。这类人物有严重的自卑感，因而会过度寻求自尊，也因此他们很有看点，看点在于人物如何突破自我。

故事中也有很多经典的恶人形象，甚至演员走在街上还会被观众责骂，常见的反派人物类型有以下几种。

（1）凶恶型。这类型人物，外形凶恶，丑陋无比，做事心狠手辣。

（2）阴险型。这类型的人，看起来甚至是好人的样子，但内心阴险，处心积虑地做坏事，有时损人不利己。

（3）浑浑噩噩型。这类型人物，吃喝嫖赌，无恶不作，见利忘义，只图眼前快乐。

（4）泼辣型。这当然是指女性，故事中泼辣的女人个性突出，对情节的推动作用明显，有时也不见得是完全的反派。

（5）风骚型。这类型女性放纵表现女性魅力，由于此种行为过于放纵，故事中常常导致不正常行为产生。

反派人物同样深入人心，恶人如果不够恶，好人也就不够好。创作的关键在于如何让“恶”深入人心。

人心不同，各如其面。故事中的人物要有区别，正派人物也不是一个，必须分成几种类型，如果每个人物都是相同的面目，人物塑形一定是失败的。

三、人物的基本形态

（一）人物形态的类型

纵观各种艺术形式的各类故事作品，其中的人物千差万别，但就形态而言，无非两种基本形态，即圆形和扁形。

1. 圆形的人物形态

所谓圆形的人物形态，即丰满正常的人物，创作者按照生活中人物本来的样貌，从诸多方面加以描述，展示人物的各个方面，有优点也有缺点，有讨人喜的方面，也有招人嫌的地方，由此揭示出人物性格的多样性和复杂性，充分显示人物的内在张力。这种人物因其复杂和富于变化更能吸引观众，当然，塑造的难度也更大。在具体写作时，需要注意多个侧面性格特征是否兼容的问题。

2. 扁形的人物形态

所谓扁形的人物形态，是创作者抽取个别特征加以夸大塑造出的人物，是变形的人。创作者往往把人物的某些方面极致化，使该人物被贴上独特的标签。好人则菩萨心肠，

坏人则无恶不作。例如，我们说到现代的贪官，马上会想起《人民的名义》中的赵德汉；说到吝啬，马上想起巴尔扎克创造的葛朗台；说到虚伪，马上想到答尔丢夫。之所以如此，是因为创作者把人物的某个特性表现到了极致，从而使得人物被贴上了特定的标签，这样的人物深刻地表现出了人性的某一方面，从而在类型人物中无法被替代。

两种人物的基本形态，实则是两种塑造人物的基本方式，圆形的人物更加真实，扁形的人物更有表现力。扁形人物需要按照受众广泛认知的概念与类型来塑造，是故事中的多数人物。

通常，在长篇故事中，主人公大多是圆形的人物，其间也会穿插扁形人物编织起复杂的人物关系。而在短篇故事中，因为情节量所限，没有过多的机会表现人物性格的各个侧面，于是人物多呈现出扁形的特性。在故事当中，不同的人物形态对剧情走向的影响很大，在创作时，需要事先考虑妥当。

（二）人物形态的典型性

对于故事，尤其是短篇故事来讲，创作典型环境中的典型人物是一贯的追求。所谓典型性，是指形象所具有的特点具有典型性，也指艺术形象具有某些特征能够反映某方面社会本质和规律从而使得形象变得典型。在作品中，形象的主体是人物，“典型”需要的是感人至深的形象，做到极致化的人物。可以大致这样概括：典型形象是经过高度艺术概括后形成的，形象具有鲜明个性，能深刻揭示人性和一定的普遍规律或是事物本质。

故事中的人物需要使人既熟悉又陌生，我们进一步讨论典型人物的个性与共性的关系。个性，是指事物的个别性，是与其他同类型事物相区别的特征；共性，表现为事物的共同性，它也是之所以属于某一类型的根本属性，是这一人物所集中概括的一定阶层或某种特定社会关系的本质属性，是一个“类”概念；典型人物的个性，指人物独特的性格、气质，具体表现为个性化的语言、行动和心理等。基于此，需要挖掘故事中的人物最突出的性格特点，使这一特点成为区别于其他人的关键性要素，使人物形象成为有别于现实人物的有熟悉感的陌生人。

由于人物的塑形是一个复杂多元的工程，故事中的典型人物必须区别于现实生活中琐碎多面的人物形象。

（三）人物形态与行动趋向

不同的人物形态对同一种情境会做出截然不同的反应，我们仅以“冲动型”人物和“冷静型”人物来区别人物的行动力。由于行动力不同，在相同情况下会引发不同的戏剧冲突。

例如，主人公在路上遇到流氓调戏小姑娘，“冲动型”人物定会立刻冲上去营救，也许反而会被流氓打伤。对于“冷静型”人物，他们考虑的可能会比较多，如可能会想这两人之间是什么关系，自己能不能打得过，周围会不会有人帮忙等，结果可能是不敢上前，或者去找救兵。不同的人物形态也决定了情节的进展，“冲动型”人物的行动几乎是能够预料到的，也便没有了其他可能性，情节朝着观众预想的方向发展。对于“冷静型”人物，由于他们思虑较重，面对一定情境时，行动方向有了其他可能性，情节发展也变得扑朔迷离起来。

（四）人物形态与故事类型

不同类型、不同创作格调的故事对人物形态的需求也有区别。生活流类型故事以平实风格为基调，故事中多是“冷静型”的正常人，而强调激烈冲突的故事中，则需要多安插“冲动型”人物迅速推进情节进展。

下面列举几种类型故事中的人物形态。

1. 主旋律中的人物

在主旋律故事中，或者涉及主旋律情节时，人物设置往往需要理想化，形象高大，品德高尚。对这类型人物需要做的是个性化创作，避免同一张面孔。

2. 悲剧中的人物

人生有喜有悲，有苦有甜，故事当中难免涉及人物的悲剧性经历。悲剧中的人物陷入了极度困境，情节趋向于复杂曲折。

悲剧中的人物往往是生活中的普通人，不是坏人，是性格上有缺陷的好人。悲剧色彩往往在表达主题层面更为浓重，若加上人物性格的复杂性则更有反复咀嚼的价值。

人物处置上需要注意与主题吻合，悲剧中人物的命运往往直接决定了故事的走向。但这个人物命运设置需要在合情理的前提下，有些意料之外的成分出现。

3. 喜剧中的人物

喜剧是需要笑点的，主人公必定是能够时常引起观众笑意的。塑造喜剧人物需要

夸张，夸张人物的外貌、性格缺点等。

塑造这样的喜剧人物，需要注意的是他身上引发笑料的弱点、离奇行为的设置是否适度。这些笑料大多是善意的，若用到尖刻的嘲讽则需要注意导向问题。

若是轻喜剧风格，人物形态介于喜剧人物和正剧人物之间，人物夸张程度则不太显著，基本采用写实的手法。这类人物性格复杂。故事中幽默之下往往带有嘲讽的意味，带有明显的悲剧色彩。

4. 言情故事中的人物

在言情故事中，男女主人公的情感是极力描写的对象，通常是情感外现，需要表现激烈的爱恨情仇，大喜大悲是言情故事中情节的常见趋向。琼瑶的一系列小说中的人物可以堪称言情故事的经典，人物为了爱情可以不顾一切。

言情剧中的人物尤其要注意品性的塑造，若人物本身没有办法得到观众认同，那么便无法吸引观众。

5. 武侠故事中的人物

武侠故事更强调精神，人物行为依据道德准则，要么是侠义之人，要么是反派人物。人物武艺高超，行走江湖，除暴安良，为了正义和信念不顾一切，往往又极富个性。创作者需要对人物进行夸张性的描写，包括武功往往出神入化。武侠故事中的人物往往是“冲动型”的人物形态，对情节的推动作用极强。

6. 家庭伦理故事中的人物

近年来，伦理题材的故事颇多，塑造此类型人物重在表达人生体验，展现独特的视角。在创作中要让人物极具个性化，让他们在意识的觉醒过程中表现普通人的生活现状、生存困境与挣扎的过程。

该类故事中，人物多是“冷静型”的，要从多侧面表现人物与家庭、社会的诸多问题，引发思考。需要注意的是，人物的动机问题，决定了人物的塑形和情节的真实性。

四、情节中的人物

故事中人物的冲突来源于三个冲突层面：内心冲突、个人冲突以及个人与外界的冲突。人物自己的情感和情绪、头脑和身体，在从此一时到彼一时的过程中，可能会也可能不会以他自己所期望的方式做出反应。第二个冲突层面是在社会角色之外的个人关系导致的冲突，这是常规之外的冲突。最后一个层面是来自个人之外的对抗力量，如社会机构与社会个体的冲突，个人与人文环境、自然环境等的冲突。

故事中发生冲突的主体是人，人物的性格，需要在情节发展当中显现出来，情节的发展依附于剧中的人物关系。写故事，需要为人物设置出合理的人物关系以推进情节发展。建立合理的人物关系，为人物的各种行为搭建舞台，进而发展出各种冲突，故事也就展开了。

（一）人物性格

性格是人在社会生活中的种种外在和内在的表现形式，是人作为个体区别于同类的特质。故事中需要描写人物身上所体现出来的独有的思想、品质、行为、习惯等。不同人物，性格各异。故事中的冲突首先表现为各种欲望支配下的性格冲突，所以，性格只有差异性还不足以表现冲突，还需要相互对立，不同性格的人在一起就比较容易引起矛盾。

（二）人物关系

不同性格的人物只有处在特定的关系之中才好发生矛盾纠葛 。在人物定型的过程中还需要考虑合理的人物关系，即如何把个性鲜明的人物牵扯到一处，让他们有所作为。通常，人物之间通过亲属、朋友、同事、情侣等社会关系被联系在一起，相互交织产生一系列的矛盾冲突。

人物关系越是复杂，剧情越容易向着复杂化发展。从专业角度来讲，这也是写故事讨巧的方法。但人物关系重在自然，故意把人物关系写得过于复杂，也可能弄巧成拙，显得虚假。人物之间的复杂关系常常体现在情感的纠葛上，为剧情的发展提供了便利。

塑造人物需要把他们放在冲突之中，冲突构成紧张关系，紧张关系中人物形象得以确立。如果一个故事在展开过程中，无人改变，那么这个故事到头来索然无味。因此，对于讲故事者来说，应该在人物第一次出场时就介绍清楚他的身份、性格、职业等，然后在此基础上展示带来的发展变化。这一展示的过程中，由紧张的逐一确立和消解生发出了一个又一个故事。在人物设置上，不仅主要人物要立起来，其他人物也要有自己鲜明的特点，用自己特有的语言说话，用自己的行为习惯做事，如此才能使整个故事建立在一个相对真实的基础上。

（三）人物所处的环境

特定背景下的人物性格和关系，会产生相应的故事情节和故事风格。

1. 人物所处的物质环境

物质环境包括了人物的经济条件和居住情况等，也是故事的一部分环境条件。人是生存于环境中的人，正如鱼儿离不开水一样，一方水土养育一方人。此外，物质条件决定上层建筑，人物所处的物质环境在一定程度上也能反映出人物的一部分心性。提笔之前，需要考虑为人物安排怎样的生存环境更为贴切。

2. 人物所处的地位

人物所处的地位包括了社会地位和家庭地位。而社会地位往往是政治地位和经济地位的总和。人物的职业、职务及各种社会关系能体现出其政治地位。人物的衣着、谈吐能显示人物的经济地位。而家庭地位从家庭排行、主持事务情况等中可见一斑。

例如，一些朝九晚五的稳定型工作，多让人感受到的是平淡和乏味；而有些职业则经常面对惊涛骇浪，比如警察、律师等。从写故事的角度来讲，显然警察等职业更容易写出戏剧冲突。

人物职业设置从根本上来讲应该依据情节和主体的需要。人物的职务高低不重要，重要的是需要让人物处在冲突的焦点之上，并且为人物展现自身的性格提供条件。

另外，需要注意人物的社会关系问题，人物有些什么样的亲朋好友，这些人有什么能力，关键时候一些特殊的人物关系对剧情的发展起决定性作用。

3. 生活状态的突变

在设置人物的时候，脑海中不免会出现与之相适应的重大事件，重大事件即人物生活状态发生突变，人物命运发生转折。这个突变往往使人物陷入困境，处于困境中的人物更容易使故事产生戏剧冲突。一些突发事件，例如骨肉分离、疾病和死亡等都会使人的状态发生重大改变。

五、人物设置的原则

（一）为人物设立等级

人物的等级指的是人物在剧作中所占的比重，这个比重不见得体现在篇幅上，有时体现在剧中的情节比重上。在有了故事梗概之后，动手写故事之前，一定要把所有的人物在故事中的作用琢磨透，进而做出划分。

1. 主人公

主人公指剧中的正反两方面主人公，事件主要表现的对象。他们是事件的发起者、行动的决策者和推动剧情发展的人。需要说明的是，反面人物不一定都是恶人，可能是一些局限性制约导致该人物在剧中与主人公形成对立。

主人公可以是一人或者几人。有的故事可以由两个以上的人物驱动，由两个以上人物构成主人公的，我们称故事中是复合主人公。如果把一部影视剧比作一道菜，那么主人公是主料，其他人物都是辅料。

主人公不一定是人，它甚至可以是动物，例如迪士尼系列动画片中的主人公。只要有一个自由意志，并具有欲望，有行动和承受后果的能力，都可以成为主人公。

主人公甚至还可在故事的中途更换，尽管这种情况并不多见。《精神病患者》便是这样做的，使浴室谋杀成为一个情感与形式的双重震荡点。主人公一死，观众暂时迷惑不解，这部影片到底是写谁的？答案是故事具有复合主人公，受害者的妹妹、男朋友和一个私人侦探把故事接了过来。

2. 辅助人物

辅助人物的设置不能脱离整个故事体系，需要设想辅助人物存在的意义，这个人物与主人公是什么关系，以及在故事发展中起到什么作用都要考虑清楚。

辅助人物一般来讲是为主人公服务的。切忌写作途中出现喧宾夺主的情况，需要处理好主人公与辅助人物的关系。在处理好人物性格和人物关系之后就能够明确辅助人物的状况。

辅助人物也有类别。结构人物，构成事件的纽带，如凶杀案中的被害人，引起男人争斗的美女、被不肖子孙看成累赘避之唯恐不及的老人。功能人物，协助主人公实施行为的助手、帮手，或者“杀手”都属于功能人物的范畴。条件人物是处于构成或破解事件必须环节的人物，比如目击者、藏宝人等。另外，故事中性感风骚的人，狐假虎威的打手，引人发笑或令人痛恨的人，肥胖、奇矮等体态怪异的人都可以算是条件人物。

此外，辅助人物也需要相互区别，作用趋近或者完全一样的辅助人物需要尝试合并。应该围绕主人公来写辅助人物，辅助人物为主人公服务，大多数情况下辅助人物在情节发展中起辅助性作用。一般情况下，可以先考虑主人公，再去考虑他周围的人。

（二）主人公设置的问题

1. 主人公需要有意志力

故事的主人公必须是一个具有意志力的人，不过，这种意志力的多寡也许无法精确量化，一个优秀故事并不一定非得是一个巨人般的意志对抗绝对不可避免的势力斗争。意志的质量和它的数量同等重要，而且，主人公意志上的真正力量也许会隐藏在某一处。

2. 主人公必须有目标

主人公的意志需要驱动一个目标，这个目标有时是隐形的。主人公有一个需要或目标，一个追求的靶子。无论内在或外在，主人公知道他想要什么，而且最令人痴迷的人物往往还会有一个不自觉的欲望。观众能够感觉到，并能发现这些人物的内心矛盾。主人公的自觉欲望和不自觉欲望是互相矛盾的，这也为故事增加了极强的可视性。

3. 中途主人公至少有一次实现目标的机会

如果一直不让主人公接近他的目标，那么观众绝不会有耐心继续奉陪。观众感觉到了那一极限，便希望故事中的主人公能够到达那一极限。一次接近目标的机会，实际上吊足了观众的胃口，这也为最后高潮的出现做了铺垫。

4. 主人公必须具有移情作用

移情的前提是相似性。故事如果未能在观众和主人公之间接上一根纽带，那么观众就无法投入到影片中。在主人公的内心深处，观众发现了某些共通的内容，可以是世界观、人生观、价值观，可以是性格等。当然，人物和观众不可能在各方面都相像，仅仅需要一个关键的共同点，就能够拨动观众的心弦，足以达到移情的效果。在这种情况下，主人公便是观众的化身，观众希望主人公得到他所欲求的一切。在长篇剧本创作中，单一和平面化的主人公可能是灾难性的，不仅使得人物单薄，表意过于具象化，也容易丢失观众。设计成功的人物需要核心性格，同样需要表象的性格，在单一中透着复杂。

观众希望故事把他们带到经验的极限，带到所有问题都得到回答，所有情感都得到满足的地方——故事的终点。通常主人公能让他们感受到这一极限。

思考与练习

1. 结合看过的影视剧，分析人物与剧情的关系。

2. 尝试分析让你印象深刻的人物形象，想一想，这些人物为什么让你印象深刻？

3. 尝试写自传。

第五章

戏剧冲突

>>>

观众究竟想要看什么？影视剧靠什么来吸引观众？这些应该是每一个影视艺术创作者着重要思考的问题。

有些人会讲，观众想要看戏，可究竟什么是戏？戏是怎样通过故事中的矛盾冲突吸引到观众的？这样的问题可能常常会令许多的创作者困惑。

冲突，在故事的写作中具有非同寻常的意义。冲突本身，包含了叙事内容，而冲突的设计体现了叙事手段和技法的综合运用。故事当中的每次冲突，都蕴含着彼此间不同思想性格和理念的碰撞或是交锋，从而能够产生情状各异的戏来。作为故事写作技法，冲突使得人物形象确立下来，并推动着情节发展直至剧终。

一、戏剧冲突

艺术来源于生活，又应当高于生活。现实生活丰富多彩，艺术作品中的生活由于注入了艺术家的艺术创作而显得富有灵性。许多观众和创作者过度纠结于作品的所谓真实性问题。把真实性看作艺术作品的本质属性，甚至把是否完全照搬现实生活作为衡量作品质量的唯一标准，似乎只有原汁原味的艺术才值得推崇。这其实是一种过度解读。如果按照这种观点推断，神话故事都应该被排除在艺术大门之外，因为其表现的内容在现实生活中压根找不到依托。

艺术既然需要满足观者追梦和好奇的心理，那么理所应当可以超越现实生活。创作者需要把外在的生活和内在的个人思想相结合来创作艺术作品，如此，艺术作品就结合了客观世界和主观世界，外在的生活成了创作者表达个人思想的载体，创作者根据现实生活做艺术处理。艺术作品中的世界都是变形的，绝不能完全等同于现实生活，即便是纪录片也不能看作照搬现实生活的作品。艺术作品中的真实实则取决于创作者对于笔下世界的理解，取决于其中的内涵。一个只知道从头至尾描述事件的创作者可能会把真实的事件表现得乏善可陈，而真正的创作者尽管创作出的内容与现实生活有距离，但由于其中饱含灵性而使得作品体现出非同寻常的艺术生命力。

站在观众的立场来讲，真实性只有在能够帮助他们认知世界，认识自我，获得精神层面的满足才有意义。

那么，什么样的生活才是有意义的？什么样的事件才能吸引观众？

在剧作中，真正吸引观众的是那些能引发观众对于人物命运的关注及能够表现人物性格的事件，所以，在实际创作中创作者经常会在人物命运发生变化的时候中断一下，让观众焦急等待事件的后续发展。

情节是一切叙事作品共有的创作要素。什么是情节？高尔基对叙事作品中的情节有过著名的界说，情节“即人物之间的联系、矛盾、同情、反感和一般的相互关系，某种性格、典型的成长和构成的历史”[1]。高尔基是从文学创作的角度说的，那么影视剧创作中创作者又如何在叙事意义上把握情节这一要素呢？依据高尔基对情节的界说，情节可以被理解为一个“历史”过程，在这个过程中，以人物的各种关系为内容的“某种性格”得以“成长和构成”。而通常说的历史过程，又泛指一切事物的发展过程。因此，情节也可以说是关于人物关系和人物成形的叙事过程。所谓的情节应当是对人物性格和人生命运产生影响的那些事件。

现实生活中充斥着太多琐碎的、枯燥无味的事件，观众希望看到的是非同寻常的能够吸引他们注意的故事。对于创作者来讲，就需要把现实的生活加以提炼，使之具有可视性和思想性。

面对脑海中诸多的事件，很多创作者不知如何寻找切入点，或者缺乏对事件的提炼和把握能力，如果不加以梳理则容易写成流水账。现实生活中只有那些能够表现出人物性格或者对人物命运发展构成影响的事件才有价值，才不是废戏。生活中每天的吃饭、睡觉、上厕所，如果没有特殊的元素或没有加以艺术创作，这种生活是枯燥的，没有艺术价值的。艺术需要把枯燥的生活变得有意义，需要“无事生非”。譬如在多数情况下，每天吃饭这样的活动本没有过多的意义，但如果在吃饭的时候邂逅了今后的另一半，这次巧遇改变了人物的人生际遇，这样吃饭活动便有了意义，也就有了戏。创作者在构思每个情节或是每一场戏的时候要充分考虑到其中有哪些事件，这些事件对人物，对后续的事件发展有怎样的作用和意义，倘若可有可无，就可以当作废戏删掉。

据说，幼年时的莫扎特，极为反感母亲催他早起。一天清晨，莫扎特又在睡懒觉，

[1] 高尔基 . 论文学 [M]. 北京：人民文学出版社，1978.

母亲这次没有叫醒他，而是在楼下弹起钢琴来。而在中途，音乐戛然而止。莫扎特从床上一跃而起，三步并作两步跑下楼梯，继续把钢琴曲弹完。对于莫扎特这样对音乐有强烈敏感的天才来说，这种不完整是一种痛苦的折磨。

那么故事的创作也需要完整性，这里表现为故事创作有开始，有过程，有结局。事件发生，然后，事件的发展造成了适度的紧张感，这种紧张感导致后续事件的发生，大事件套着小事件，一波未平一波又起。

许多缺乏经验的剧作者不重视故事，认为自己只要靠一些技巧，就可以创作出质量不差的本子；靠着努力回忆自己的童年旧事，回忆自己的老师、同学、玩伴、母亲等就可以源源不断地进行创作；或者是靠着设置昂贵的场景、迷人的角色、机智幽默的对白就可以大幅度提升作品的质量，期待着创作中的其他细节问题能够迎刃而解。

例如，下面这几场戏就没有太多存在的必要。

1. 某城市的清晨

太阳懒懒地从云层中钻出，于楼群的缝隙中慢慢升起。

2. 一个狭窄的街道

大姐甜甜骑着自行车迎面而来，划过画面渐渐远去。

3. 公园门口

一个破旧的录音机播着凤凰传奇的歌曲，众老太们投入地扭着，转着。

甜甜路过这里，跳下自行车，眼睛在人群中搜索着。

镜头缓缓推向一位老年妇女，她就是甜甜的母亲。

甜甜大声喊着：妈妈。

母亲发现了女儿，从跳舞的人群中撤出来。

母亲：干啥?

甜甜：把钥匙给我。

母亲：你不是有一把吗?

甜甜：出来时忘记带了。

母亲从口袋里掏出钥匙，递给女儿，转身又混入了人群。

例文用三个场景作为开篇，理应涵盖更多信息，却只是要拿个钥匙，除此以外什么都没有发生。这里没有提供任何能够体现人物性格和人物命运的事件，也没有能够推动故事发展的事件发生。

人物的出现，也没有引起观众的兴趣。这样的戏，没有存在的必要，所以是废戏，应当删除并且重新考虑开场方式。

为便于大家理解什么是戏，下面给出正面的案例。案例节选自《我不是药王》。

饭店里，程勇带着儿子吃饭，儿子没吃包子馅。

程勇：唉，你说要吃包子的，光吃皮不吃馅啊。

程勇敲着儿子的碟子。

程小澍：不想吃馅，爸。

程勇：恩？

程小澍：给我买双球鞋 。

程勇：多少钱？

程小澍：260。

程勇暗暗地乐：唉，你怎么不让你后爸买。

程小澍：不想让他买。

程勇笑了一下，掏出钱包，犹豫了一下拿出 260。

程勇：拿着。

程小澍：谢谢爸。

这段内容发生的场景很普通，两个人物之间是亲生的父子关系，但就是在这平常人和平常事中，观众却能发掘出一系列超乎寻常的地方。这孩子不仅仅有亲爹还有后爸，从亲爹程勇的反应里面我们还能看出他的经济状况很窘迫，但还是掏出钱来给儿子，可以看出他对孩子的感情。爸爸带着儿子吃包子，儿子不吃馅儿，可见父亲对于儿子的喜好不是非常清楚，从紧接着的内容中得知他们没有生活在一起，父子之间的隔阂跃然于屏幕端，普普通通的父亲带儿子吃饭的内容也就有了戏。

这段戏充分体现出人物的个性特征，人物的命运发展也随着波折产生了变化，人物被描摹得惟妙惟肖。观众继而从中体察出了人物的性格，看到这就是戏。

二、戏剧冲突的产生

布莱希特认为，事件当中有了冲突才会促使人物行动，由此展示出人物性格及命运的变化。每一个故事都是把单个的人置于特定的情境之中，并且同时赋予一定的条

件和刺激，使其行动起来，以完成自我表现。

由此，故事中的事件不是直接模仿和照搬现实生活，也不是直接外化人物心境，它是想象人所面临的具体情境的最具体的艺术形式。布莱希特认为，戏剧冲突的产生有几个要素。（1）人物。人物是行为和事件的主体，在故事中所谓的冲突就是人物之间的冲突。（2）情境。需要一定的条件和刺激的情境诱发人物内心的情欲，并使人物把情欲外化为行动，戏剧冲突也就应运而生了。不难看出，极具性格特点的人物和能够引发人物情欲并使之行动的特定情境是戏剧冲突产生的重要因素。

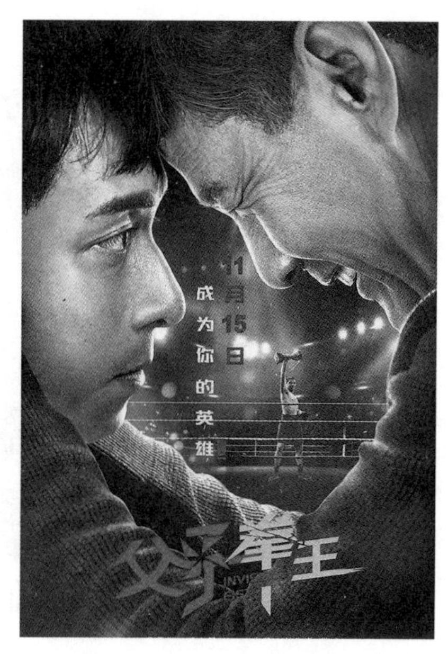

图 5-1　《父子拳王》剧照

冲突的构成一般有三种：一种是人与人之间的冲突；一种是人与环境之间的冲突；一种是人与自身的冲突。三种冲突都以人物作为主体。主体既有个体，也有群体或者集团，既有敌对的冲突，也有非敌对的冲突。与人产生冲突的环境，也理应包含社会环境和自然环境。事实上，上述各种冲突常常融成一体，统一在整个故事当中。在国产电影《父子拳王》中，剧中的矛盾就具有多重性：一个是面对的环境不同，决定了父亲没有办法真正体会儿子余生面临的困境和他的真实想法，从而产生父子间的矛盾；一个是余生与自身的矛盾，他不得不面对健全人的世界，身体残疾的他想要成为拳王，这个似乎是不可能实现的愿望。创作者着手编写故事之前，对未来故事中的冲突的构成应该有一个总体把握，对故事的类型和风格要有初步的判断。

要把握冲突的构成，需要明确产生冲突的原因，一般有直接原因和间接原因。引起冲突的直接原因是事件，而引起冲突的间接原因是人与人之间的差异。

下面从人物和情境两个角度，来详细讲解戏剧冲突。

（一）人物之间的冲突

人与人之间的差异是巨大的，这也是一个人区别于其他人的根本所在。这种差异体现在性格特征、兴趣爱好、身份地位、观念信仰、心理状态、价值追求等层面。

图 5-2 《好久不见》剧照

1. 人物的对立性

这诸多的差异，是人物之间发生冲突的潜在原因。在著名的电影《简·爱》中，简与牧师圣约翰在人生态度、价值观等层面存在诸多差异，以至于他们两人的第一次见面中就潜伏着必然分手的危机。

在实际创作中，人物之间的性格差异越大，则越为对立，也就更容易写出他们之间发生的冲突。所谓的冲突，实则就是矛盾，性格的对立或者是利益的冲突。通常情况下，从写作的角度来讲，两个性格对立的人在一起要比两个性格相似的人在一起更容易出戏。因此，创作者在落笔前需要考虑：这些人物都具有怎样的性格，这些性格之间能够发生怎样的碰撞，制造出怎样的矛盾冲突。这种冲突由人物的言行举止表现出来就成为故事中的情节。

简单来讲，善良的对立面是邪恶，美丽的对立面是丑陋，温柔的对立面是冷酷，阴险狡诈的对立面是光明磊落。在通常的人物设定中，狂暴者身边会有性情温柔的人陪伴，负心人周围总有痴情人守候。这样的性格对立，极易引发矛盾冲突，当然，这个预设的冲突点一定要找好。

下面来举一个例子，编剧通过外化的行为和动作来体现出人物性格，尤其在对比中显现出人物秉性。电视剧《幸福像花儿一样》中的杜鹃一出场就与众不同，表明她秉性纯良，编剧是这样通过事件展现人物性格的。

林彬带着保根来到后台，要求大梅同保根握手、拥抱。但是大梅满心思只有首长夫人们，无暇顾及，所以拒绝了林彬的要求。林彬把保根上衣脱掉，他身上的伤疤清晰可见，在场的人都感动落泪，杜娟情不自禁地上前拥抱了保根，主动帮他把衣服穿好。在场的人都被杜娟的行为感动而为她鼓掌。大梅不知所措，十分尴尬。

剧中的杜鹃和大梅是一对好姐妹，都是部队的舞蹈演员，两人非常要好，但两人的性格和人生观却大相径庭，由各自的婚姻开始她们走入了不同的人生境遇。杜鹃单纯善良，坚持心中的舞蹈家梦想，做人较为真诚，在剧烈变化的周遭环境面前不为所动。

这一点在上面这段戏中她对保根的态度体现了出来。在这里，可以说人物大相径庭的性格成就了情节，情节也成就了人物性格的塑造。

图 5-3　《幸福像花儿一样》剧照

但有些时候，性格相近的人在一起也可以组织起矛盾冲突，这种矛盾冲突大多是由观念不同引发的。例如在日本电视剧《回首又见他》中，两位男主人公都是医学精英，医术不分上下，但在对待病人的问题上形成了观念分歧，这种是相近之下的对立。两人都争强好胜，为了心中所想他们之间发生了冲突，与其说是差异引发的冲突，不如说是性格过于相似导致的冲突，这也使故事具有可视性。

需要注意的是，矛盾的双方总是对立统一的，故事中的矛盾冲突最终需要解决。在考虑塑造人物性格时，要注意性格的内在合理性，注意人物性格的多维化。

2. 人物自身性格的差异性——复调式人物性格

在实际写作中，面对正面人物，设计复调式人物需要把性格的负面牢牢禁锢在人物身上，撒胡椒面儿似的缺点设置可以使得人物变得可信和可爱，从而更加丰满真实。

在具体设置人物性格的多重性时，还需要注意性格之间兼容的合理性问题。例如，一个平日胆小的人，则不太可能有一个兴趣爱好是蹦极。

此处取电视剧《好久不见》作为案例，说明复调式人物的创设。

《好久不见》中全剧的女一号花朵朵，她身上表现出了少有的多维性格的和谐。她是刚毕业的学生，向往浪漫生活，由于善良和美貌，她有众多追求者，但她坚贞执着；她既温柔善良，关键时刻陪伴贺言度过人生低谷，同时尖刻任性，为了倒卖商品与人争高下，屡屡把自己陷入困境；她既独立，做事雷厉风行，工作中表现出色，同时又对别人充满依赖，对朋友和家人至真至情，帮助恋人贺言摆平数次工作危机。以上等等的设计洋溢着难得的叙事智慧和人物塑形的别具匠心，编剧将看似相反却充满人情味的性格组合落实在一个人物身上，人物的暗调部分凸显出人物个性，升格和降格之中，观众便抵消了对人物的反感情绪，体会到了人物心怀着的对生存的无奈以及对纯真爱情的执着追求。

故事的创作可谓是一项系统性的创新工程，既需要把握细节，又需要宏观统筹；既要充满情感，又要保持理性；既要有传统精神的内核，又要有现代潮流的外相；既是在创造精英文化，又是在讲述雅俗共赏的故事。设置复调式人物，需要卓越的美学架构能力。故事里的“生命”，来源于人物的“生气”。建构人物时，不同性格维度需要精准打磨。

角色的特征能够决定这个人物的世界观以及思考方式、说话方式和行动方式等。人物对事件的反应，可以展现人物特征。人物的特征需要与人物的背景、社会立场、职业、情感状况、心理表现、外表等和已经设计好的其他一些内容相联系。可以尝试合并一些想法，不要将这些表现得过于明显，确保表现得很自然并且具有艺术性，同时要让这些都潜移默化地发生，不易察觉。

3. 设置人物特征系统

情节是人物在场景中的人格体现。一个人物做什么要比他说什么重要得多。人物需要通过他们的行为向我们表明他是谁。定义角色时可以通过他们的行动来观察他们对各种情况如何反应。此外，要设置人物说什么，再加上别的角色是如何定义该人物的。第三方对话的作用在于，别人替人物说比这个人物自己说更具有说服力和可信度。

主要人物的创设需要确立两个目标，即情节（想要）和主题（需要）。“想要”是世俗的目标，想要财富，想要赢得比赛，想要成功等。而“需要”通常是无意识的内部动机，常常迫使角色不按理性方式行动。

当人物试图获得他想要的东西时，却常常获得他需要的东西。在一个故事中，需要的东西通常不会改变，想要的东西却时有变化。在创作中，需要的内容往往比较早就显露出来，而关注点在于这个人物的行动过程，这一点对于塑造可信的人物至关重要。

塑造故事中的正面人物可以在影片中将他的消极特征转变为积极特征，而反派角色在故事结束时通常不能战胜他的消极特征，这会将他引向毁灭。故事中一个悲惨的角色在他堕落的过程中会失去他所有的好品性，而越来越占上风的那些恶劣的品质将他一路拉下水。需要注意的是，在定义人物时，不要将所有的技巧用在一个人物身上，那样会显得虚假而混乱。

（二）情境的层次

构思情境时，创作者需要把性格各异的人物放在一个又一个场域之中去考察他们，看他们在这样的情形下有什么反应，会做什么说什么。这些又会反映出人物各自的性格特点，推动人物命运的发展。

人与环境之间也有差异，人与环境之间的差异是引起人与自然冲突的潜在原因。短片《选拔赛》中，作为穆斯林的女孩儿包着头，她与周围的同龄人开放的状态格格不入。这种矛盾集中爆发于啦啦队选拔赛，只有摘掉头巾才可以参加。人与人、人与环境之间的差异，使得女孩儿焦虑万分，一边是母亲不允许摘掉头巾的告诫，一边是自己热爱的啦啦队活动，在这种冲突之下做出怎样的选择和女孩儿的命运走向成为全剧的看点。

情境作为故事的基础，应当由三个要素构成：故事中人物活动的具体时空环境；对人物产生影响的具体事件；有定性的人物关系。其中人物关系应当是基础。不同的情境对故事的发展产生不同的作用。

1. 大情境与小情境

这里为了方便了解事件之间的关系，我们把情境分为大情境和小情境。情境的大小是以事件的大小来划分的。一般来说，一集 45 分钟左右的电视剧会有三到五个较大的事件，大的事件当中又会套着几个小事件，对于电影来讲事件数量会更多。

图 5-4　《都挺好》剧照

譬如在电视剧《都挺好》第一集中，主要包含了三个大的事件：一是苏母去世苏明哲准备回国奔丧；二是众子女和苏大强一起讨论母亲后事；三是苏明玉回忆老宅中发生的过往。这可以说是三个大的情境，其中又包含了很多小的情境。如第一个大情境中包含了两个小情境：第一个是苏明哲和妻子吴非带女儿度假，其间，得知母亲去世，苏明哲准备回家奔丧；第二个是苏明哲在机场遇到接机的苏明玉，得知母亲死因。众子女在一起讨论处理母亲后事的第二个大情境中包含了三个小情境：一是在苏明成住处，明玉对嫂子朱丽冷脸；二是苏大强提出要去美国；三是苏大强决定回老宅拿衣服。由此，这集戏的情境结构如下（见表 5–1）。

表 5–1　《都挺好》第一集情境结构表

大情境	小情境	剧情点评
苏母去世，长子苏明哲回国。	苏明哲和妻子吴非准备带女儿度假，却得知苏母去世的消息。	过场戏，为苏明哲回苏州做铺垫。
	苏明哲义无反顾地回到苏州，苏明玉来接机，明哲知晓母亲死因。	主场戏，明哲回到苏州。明玉和母亲的关系成谜。
众子女和苏父苏大强一起讨论母亲后事。	苏明哲来到明成家里，明玉对朱丽冷脸。	过场戏，展现出明玉的性格。
	苏大强提出要去美国。	主场戏，这个要求打乱了其他人的生活轨迹，整个故事随后就围绕着苏父想去美国展开。
	苏大强在明成买饭之后，决定回老宅拿衣服。	过场戏，为了引出明玉对老宅的回忆。
苏明玉回忆在老宅的过往。	明成欺负明玉，爸妈对明玉也缺少关爱。	过场戏，凸显女儿明玉在家备受冷落。
	老大明哲收到斯坦福大学录取通知书，全家为学费犯愁。	主场戏， 表现出各个子女以及父母的性格和家庭关系。
	晚上，苏母斥责苏大强没本事，两人决定要供明哲读书。	过场戏，为了引出后边卖房间事件。

在这集中，最大的情境是苏明玉回忆在老宅中的过往，这也是这集戏中的高潮，前面的两个情境是为这个情境做铺垫的。第一个大情境中，最重要的事件是苏明哲义

无反顾地回到苏州，苏明玉来接机，明哲知晓母亲死因。而前面全家人准备出去度假只不过是这件事的铺垫。第二个大情境的重点是苏大强提出要去美国，这个要求打乱了其他人的生活轨迹，前边的戏不过是为这场戏做了铺垫，也就是提供了一个事件发生的由头，这场戏则是引出了后边的戏。第三个情境当中，最主要也是最精彩的地方是人物性格和人物关系的展现，前边几场戏都在为这场戏做铺垫。

所谓的戏，需要提供一个又一个场域尽可能地让人物表现出自己的性格，戏的转换则是从一个情境到另一个情境。大情境里面套着若干小情境，前面的情境之中往往潜伏着下一个情境，而情境与情境之间需要自然转换。例如，一个母亲在收拾儿子房子时提出来儿子放暑假要回来，这个情境设置的目的其实就是为之后儿子入戏做准备。

2. 对困境的处置

处于困境中的人物更容易出现矛盾冲突行为，也就易于表现出其性格特征。譬如电视剧《都挺好》中的第一集的第一个大情境中，苏明哲听闻母亲去世义无反顾地回国，这才能出现后边的矛盾冲突。倘若苏明哲听从妻子的建议，后边很多矛盾冲突也就不会发生了，这场戏也就没有了分量。借由此，苏明哲的性格也得以展现，一个负责任、孝顺父母、在国外事业有成的大哥形象便被刻画了出来。

困境与戏眼实则并没有本质上的区别。寻找戏眼就是寻找对立面，而这个对立面对于剧中主人公来说可能就是一种困境。所谓困境就是主人公在行为过程中所遇到的障碍。在很多情况下，困难越大越能体现出主人公的秉性，戏也越好看。那些能够被称为故事的事件必定会有异乎寻常之处，倘若事件里的主人公一帆风顺，轻而易举地便完成了所有事情，也就没有看点了。

作为一个普遍的技巧，很多创作者试图不断地把人物推入一个又一个困境，让人物在困境当中去选择和行动，从而体现人物秉性，引发观众对于人物命运的关注。在大多数情况下，这种组织冲突的方法是奏效的，譬如短片《三公里》中，主人公就是处于困境之中，从装备的困境到经济的困境，引发观者对于人物命运的关注，主人公一次次从困境中走出，赢得了最终的胜利，成为强者，令人动容，这一过程表现出人物性格的同时也实现了对人物的托举。像这样把人物不断地推向困境，就是在不断激化矛盾，人物性格和命运也随之发生变化，戏也就应运而生了。要注意的是，在我们的现实生活中，人们并不总是生活在困境中，人为地随意设置困境的做法是不可取的，这样会使故事失去真实性，也违反了艺术创作规律。

困境的设置大致可以从以下几个方面来考虑。

首先，来自人物自身的困境。故事中人物的困境经常是由个人的性格所造成的，或者是人物外表和心理方面的缺陷使其产生心理方面的障碍，从而陷入困境。例如，故事中的主人公相貌端庄，但是自认为长得又矮又胖，有很强的自卑心理，形成了心理上的障碍，这使得她在爱情上屡受挫折，从而陷入了情感上的困境。这种自卑心理很可能会被带到工作和为人处世层面，主人公遇事就会不自信，因此会错失好的际遇，很多情节就都可以借此展开。

其次，某个事情发生时，人物如果处于一种不利于自己的人物关系中时，就顺理成章地会陷入困境，这种困境相较于来自人物自身的困境能够产生更大的压力。此外，人物之间关系除了真情之外，在很大程度上还体现为一种利益关系，这种利益关系又驱动着个人的欲望，从而产生各种矛盾冲突。

再次，生活环境的困窘也经常会把人物推入困境。在《三公里》中，恶劣的经济条件造成主人公的困境，而他在困境中所表现出的乐观，精准地体现了他的性格。

最后，事故也能较为轻易地使人物陷入困境。这种困境相较于前面几种困境来讲，可能不需要太多的铺垫，但仍需要合情合理，以保证剧情没有明显疏漏。事故一般是带有偶然性和突发性的事件，如生病、伤残、死亡等。在故事中，事故的发生经常会使情节发生大的转折，人物也因此会陷入困境。很多初学者，为了制造困境便经常性地使用事故，但需要注意的是，如果事故使用过多，形成的反而是喜剧性的效果。例如，在《贫嘴张大民的幸福生活》中，大民失恋后是这样描述女友不来的原因的。大民说："真是小病。她爸爸上茅房撒尿，啪叽，右脚踩尿池子里，把脚脖子给崴了。出了茅房，咣当，撞电线杆子上了，脑门子磕这么大一个包。捂着脑袋过马路，咔嚓，一辆自行车……一系列的事故堆积，造成了滑稽的效果，观者便不会认为这是事实。大家的反应是静静地看着他，完全意识到出了什么样的问题。

在《都挺好》当中，之后的戏都是由苏母的意外死亡引起的，本来还算平静的家庭又涌起了波澜，关于父亲的养老问题，几个儿女陷入了极大的困境，由此引发了人物命运的突变，把情节推向了高潮。

3. 人物与情境之间的关系

首先需要明确一点，人物和情境是不可分离的。一方面，人物的性格只有在特定的情境中才能得以展现，两者结合起来才能产生事件；另一方面，情境是人物表现自

我的舞台，不能表现人物性格和命运的情境是没有存在价值的。

故事当中的情境，从根本上来说，必须要能够符合事件发展的内在逻辑，做到合乎人情事理，同时符合基本的医理和法理等。对于刚开始写作的创作者来说，最重要的是能够从生活中提炼出深刻反映人物秉性的事件，合理规划人物之间的关系，推动情节自然发展。对于故事中人物动机的设置，最重要的是要能够激发人物的欲望，并且能使之产生行动。但要注意人物动机的真实性问题。

请看下面的案例，节选自学生作业《回来》的结尾。

人物：张平、依依

依依：我被人拐走淹死，你倒是在家过得清闲，我真想让你尝尝这种滋味。不过，怎么说你也是我爸爸。

依依突然闪到张平的身后，晃了晃手指，张平身上的绳子就自动解开了。

依依轻笑着：爸爸，你快跑吧，快离开我吧。

（依依一边说着，一边在背后举起一把刀，张平站起来，转身，依依以为他真要走，她慢慢走向张平。）

张平：爸爸不会再离开你了，我就在家里陪着你。

依依听到这句话，停住了。

这段内容是短片的结尾，前情是女儿在父亲的允许下跟着人面兽心的俩人离开家去外地当花童，却被残忍杀害。这段内容是女儿的冤魂回到家中准备杀死父亲。父亲含辛茹苦一个人把女儿养大，由于善良和轻信，把女儿交给了歹人。此处女儿的动机有悖常理，既然是过失，既然是一个好爸爸，得知失去女儿之后父亲那样痛不欲生，难道女儿回来心里就只有恨吗？

总而言之，故事当中的情境只为人物提供了表演的舞台，戏究竟应该怎样发展，需要依赖创作者对人物的把握，创作者还需要考虑人物关系怎样布局，怎样结构整个故事内容。

三、情节的要素与戏剧冲突

黑格尔曾指出：情节的核心是矛盾冲突。这就是说，情节本身就包含着人与人、人与环境、人与自身的各种矛盾或冲突。情节贵乎真实，好的情节需要提炼，而提炼情节的依据便是使情节便于推进冲突，使得整个叙事过程合乎情理或具有某种新意。

下面提供几场戏，并简要分析其失败的原因。

1. 某医院楼前　日 外

程野和田依依慢慢走向大楼。

程野说：听说……挺痛苦，你要有心理准备。

田依依默然前行，不说话。

程野：原想做完手术回我家休息两天，可又怕几天不见影儿同学猜疑，所以我还是回宿舍，有人问，你就说感冒了。

田依依依然不语。

程野还想嘱咐什么，忽然听到一个男的喊声：是程野吧？你这是来看病啊？

程野抬眼看时，那男人已经伸出了手。

程野沉思着伸出手：你是？

男人打着哈哈：怎么？上了大学就不认人了？我叫郝民，咱俩是小学同学呀，毕业前因为一支钢笔咱俩还打了一架，你忘了？

程野猛然想起来：对，我想起来了，那一架咱俩还打了个平手，老师来了咱俩还在地上滚呢，对吧？哎，你现在干啥呢？混得不错吧？

男人：开出租车，勉强对付碗饭吃。

男人说着向院子外一指：那就是我的车，走，到我车里坐一会儿，咱哥们儿好好聊聊。

程野下意识看了一眼躲在一边的田依依，忙说：不不不，我还要看个病号，改日吧。

男人：改日？改日我上哪儿找你去呀？别跟我端架子啦！

男人不由分说，拉起程野就往外走。

站在一边的田依依眼看着程野被人拉着走出院子，便扭过身向医院走去。

程野想的内容应当如何表现？且这段话太啰唆，在这里也不合时宜，应当删去。其实从做戏的角度来讲，程野完全可以让田依依到他家去，这样会引发很多矛盾冲突。

这场戏的目的非常明确，插这个人物进来是为了不让程野跟田依依一起进医院，但这种方式过于蹩脚，让人感到不自然。

作为创作者应该想到，在这样的情境之下，什么人一起最能出戏？如果说这个时候程野和田依依必须要碰到什么人的话，应该是他们最怕碰到的人，譬如系里的干部，周围的同学，还有系里的党支部书记或系主任。这样才会出现矛盾冲突，才会有戏！

而程野的这个老同学的出现实在让人莫名其妙！

此外，按照通常的人情事理，这个男人已经顺着程野的目光留意到了田依依，但作者在这里故意让他忽略过去，无非就是不让程野跟田依依进医院。我们接着来看田依依进到医院里面的戏。

2. 产科婴儿室 日

阳光普照新生儿。

一位小护士从一个个婴儿床边走过，认真察看床卡。

小护士从一张卡片上找到了要找的产妇姓名，便仔细将婴儿抱起，再察看婴儿手腕上的标记。

门上，一块玻璃上印着田依依的脸，她凝望着婴儿室里的一幕。

小护士抱出新生儿，在门口与田依依相遇。小护士诧异地打量田依依一眼，又向前走去。

3. 产妇病房 日

小护士抱着婴儿走进来，对一个年轻母亲说：该喂奶了。

年轻母亲兴高采烈：哈，幸福时刻来到啦！

年轻母亲先袒露胸怀亮出鼓胀的乳房，然后张开双臂迎接自己的儿子。

特写：婴儿的嘴含住了乳头。

特写：田依依隔着玻璃向室内凝望。

写：田依依的眼睛，艳美、神往，抑或忧伤……那双眼睛正在创作一首抒情诗，把女性的本能讴歌得勇武豪迈，八面威风。

室内，小护士问：下一个该谁了？

母亲们争先恐后：该我的了……该我的了。

小护士笑了：其实你们争也没用，我知道该四号了。

小护士开门出来又遇见田依依，诧异地问：哎，你干吗呀？

田依依有些不知所措：我……看看……

小护士快人快语：喂奶有什么好看的？快走吧，让护士长看见该批评我了。

田依依尴尬地笑笑：对不起。

田依依又看了病房一眼，转身离开。

这两场戏的目的是想写出田依依的心理变化，但这种变化似乎有些站不住脚，而且铺垫也不够，让人觉得虚假。

第三场戏应该虚写，此处写得太实，显得很虚假，让人看着别扭。尤其是标注出的几个特写镜头，这样暴露的镜头是不适合真实拍摄的。

田依依未婚先孕，这本来是个很好的情境，因为这是关乎人物命运的事件，可以把很多有关的人物牵扯进来，譬如学校领导、同学及程野家人等，可以组织起很好的矛盾、冲突，可是由于作者不懂戏，没有组织起有效的矛盾冲突，这几场戏除了让人觉得别扭以外几乎没有任何意义。

如果要写一场戏，就要想到在这场戏里会发生什么意外的事件，会对人物产生怎样的影响。前边设置好未婚先孕之后，程野陪田依依到医院做手术，肯定最怕碰到与自己有利害关系的熟人，如同学、老师等，在这里碰到了，就会有很大的冲突，让人看了就会担心，肯定会继续看下去。

下面的一场戏也缺乏足够的心理建设。

4. 医院楼前　日

程野在楼门口焦急地徘徊。

程野看见田依依从楼里走出来，忙走了过去：真倒霉，碰上个小学同学，把事儿给耽误了。怎么样？

田依依站着没动：小野，咱们回去吧。

程野像是没听清：你说啥？

田依依：我不做了。

程野：不做了？

田依依认真地点点头：是，我想生下来。

程野顿时愕然：田依依，你是不是发疯了？

田依依一脸庄重：小野，我从小失去父母，不知道母爱是什么滋味，现在，你给了我做母亲的机会，我渴望当母亲。

程野：田依依，你的浪漫太脱离实际了，你想过没有，如果学校知道了会是什么后果？

田依依：我问过医生了，得五个月才能看得出来，那时候，咱们也该毕业了。

程野沉思片刻，摇摇头：不行，太冒险了。

田依依：小野，咱们走吧。

田依依毅然扭转身子，头也不回地向前走了。

程野在后边追上去，边走边喊：田依依。

田依依的变化其实缺乏足够的心理依据，而程野的反应也不够激烈，不符合此情境下人物的真实心境。作者没有有效组织起矛盾冲突，戏也就不精彩了。

相类似的未婚先孕的情境下，下面的创作就显得更加接地气。

1. 医院　日　外

陈露站在门口有些犹豫。

楚光回头看她，有些不耐烦地说：快走吧。

陈露：我……有些害怕。

楚光：害怕什么呀，有什么好害怕的？

陈露：听说很痛的。

楚光：你要不想做，你等着，我去跟人说一下。说着，就要走。

陈露：不，你等等。

楚光站住，回过头来看她：又怎么啦？

陈露叹了口气：不，我想，还是做了吧。

此处陈露的反应显然比田依依的反应来得真实，毕竟身份是学生，不会轻易地为这种事情耽误了前程。楚光的反应实则在此处让人产生疑问，按理如果是陈露的男友不该这样事不关己。

2. 妇科门诊部　日　内

来到妇科门诊部门外，楚光对陈露说：你在这儿等，我去找人！

陈露点头。

楚光转身往里走。

一个穿白大褂的医生过来：你小子，怎么现在才来，我等你半天了。

楚光：怎么样，没问题吧？

穿白大褂的医生：都联系好了，哦，人呢？

楚光转身往后面指了指：在那儿！说着，向陈露招了招手，示意她过来。

穿白大褂的医生往那边瞅着，笑了笑：你小子，还挺有艳福的。

楚光：你别搞错了，她是我学生。

穿白大褂的医生：有你这样当老师的吗？！

这时陈露走过来，站住。

楚光：这是我的朋友张医生，你跟他走吧。

陈露：谢谢您，张医生！

张医生：走吧。

陈露瞅着楚光，不安地说：你在外面等着我，好吗？

楚光：放心吧，我会等你的。

张医生看着楚光笑了笑，暗自摇头。

陈露跟着张医生离去。

楚光站在那里，看他们走远，无奈地苦笑着。

呼机响。

楚光从衣兜里拿出呼机，低头看着，匆匆往外走。

这个医生很明显是个辅助人物。他在这场戏里出现显得非常自然，他的言行让观众对于楚光的误解进一步加深。

2. 电话亭　日　外

楚光摘下话筒，拨号。

电话接通。

楚光等着，有些焦急。

3. 办公室　日　内

白雪抓起电话，对着话筒：喂……是我，你在哪里？什么，在医院？

4. 电话亭　日　外

楚光：哦，不是我……是一个朋友……我陪她来看病……哦，没什么大不了的，有什么事吗？

5. 办公室　日　内

白雪：是这样，公司发了票……看电影。是……有两张……光明电影院……七点，我在门口等你。

6. 电话亭 日　外

楚光：好吧……我会赶到的……就这样！说着，把话筒放下。

楚光取下卡，叹了口气，低头看看表，匆匆离开。

7. 董志强办公室　日 内

敲门声。

董志强：请进！

白雪进来，微笑着：老板，你找我？

董志强：哦，你写的计划书，我看过了，也让其他几个老总看了，都觉得很不错，不过有些地方还需要修改一下，哦，快下班了，这样吧，我们一起吃晚饭，好好谈谈。

白雪：晚上，不是要看电影吗？

董志强：没关系，吃完饭我们一块儿去，来得及！

白雪略微犹豫一下，终于点头：好吧。

志强看着白雪，微笑了笑。

这几场戏起到了让观众揪心的作用，楚光和白雪之间眼看要发生误会，这时白雪身边还出现了追求者董志强，这就形成了另外一个戏眼，情节点也多了。

8. 妇科候诊室　日　内

候诊室的人已经很少。

楚光站在候诊室门口，来回走着，不时停下低头看看表，有些焦躁不安。

办公室主任赵老师从里边出来，一眼看见楚光，向他走过来：楚光老师！

楚光一见赵老师，有些慌神：哦，是您，赵老师。

老师疑惑地问：楚光老师，你怎么在这儿？

楚光：我……我……

赵老师：听说你有女朋友了，是真的吗？

楚光：哦……是……真的……

赵老师：你陪她来的？

楚光：哦，是……说着，很不安地往里看了看。

赵老师：原来是这样，哎呀，我说呢……

正说着，一位护士扶着陈露从里面走出来：谁是这位病人的家属，快进来照顾一下！

楚光一见，赶忙跑过去，扶住陈露。

陈露满脸痛苦，呻吟着。

护士：你是她家属？先扶她休息一下……

楚光扶住陈露，往一边走着。

赵老师走过来，热心地说：哎呀，小心点。

陈露抬起头，看见赵老师：赵……老师！

赵老师：是你？

楚光站在一旁，手足无措：赵老师……

赵老师：楚光，你，怎么能干出这种事情来！

楚光：我……不是我……

赵老师冷笑着：你……太不像话了！说着，转身就走。

楚光呆站着，苦笑。

这段戏写的是一个巧合事件，写得很自然，前边也埋下了伏笔。赵老师曾经给楚光介绍过女朋友，此处设置他的出现引起误会，这使得楚光更加被动。

9. 医院门口　日　外

楚光扶着陈露从医院里走出来，站住。

一辆出租汽车开过来。

楚光拉开车门，扶陈露进去。

汽车开走。

10. 街道　日　外

汽车在行驶。

陈露坐在车上，很虚弱的样子。

楚光看了看她：就你这样子，回宿舍去？

陈露：不，我不想回宿舍。

楚光：那上哪儿？

陈露：我想，你能帮我找个地方。

楚光：我……哪有地方。

陈露：你会有办法的。

楚光想了想：好吧，我隔壁的范春来，他妈刚走，他那有间房，暂时还空着，我跟他说一下，你就委屈点，住那儿吧。

陈露看着楚光，微笑了笑。

楚光叹口气，紧皱眉头。

这段戏给后面的戏埋下了伏笔。陈露到了楚光的宿舍，这样就可以轻松产生误会了。

11. 楚光宿舍　日　内

楚光推开门，扶陈露进来，到床边坐下。

陈露呻吟着，躺倒在床上。

楚光：你……怎么躺下了？

陈露：我……实在撑不住了。

楚光：好吧，你休息一会儿，我就找博士开门。

陈露：我渴了，给我倒杯水。

楚光：好吧。说着，拿了杯子，倒了水，递给陈露。

陈露坐起来，接过杯子，喝了一口：哎哟，烫死我了。

楚光苦笑着，转身出去。

陈露低头喝水。

楚光进来，满脸沮丧。

陈露：怎么啦？

楚光：这博士，也不知跑哪去了。

陈露：那就等他呗，急什么呀。

楚光低头看表，神情焦虑不安。

陈露：你有事？

楚光：有人约了我晚上去看电影，你看，时间快到了。

陈露：是你女朋友？

楚光：就算是吧。

陈露：那你快去呀，还待在这里干什么？

楚光：我走了，那你……

陈露：你别管我了，我休息一会儿，等好些了，就回宿舍去，她们看不出来的。

楚光：那好，我走了！

这段戏是让楚光离开陈露，好让陈露一人待在屋里，从而使得误会得以产生。

12. 校门外　晚上　外

楚光匆匆出来，拦住一辆出租车。

车门打开，楚光上车，对司机说：快，到光明电影院！

司机开动汽车。

汽车快速行驶。

13. 街道 晚上 外

楚光坐在车里，往前看着，神情不安。

到路口，红灯亮。

汽车停下。楚光神情焦急，低头看表。

呼机响。

楚光拿出呼机来看，问司机：有手机吗？

司机摇头：没有。

楚光叹了口气，很无奈的样子。

14. 电影院门口　晚上 外

白雪站在门口，低头看表。

董志强走过来：来了吗？

白雪摇头：没有。

董志强：也没回电话？

白雪：没有。

董志强：哦，你打个电话看看。说着，把手机掏出，递过来。

白雪接过，拨号。

董志强看着她。电话拨通。

白雪：喂……

15. 楚光宿舍　晚上 内

陈露拿起话筒：谁呀……你找楚光呀……他不在……出去了……我是谁？我是他朋友……有什么事，你说吧，我会转告他……

电话挂断。

陈露：神经病……管我是谁……说着，把电话撂下，躺倒下去。

人物关系搅合在了一起，之后就很容易产生冲突，人物命运就此发生转变。此处，楚光与女友白雪之间产生了误会，于是白雪的上司董志强就有了乘虚而入的机会。

以上两段戏都是写未婚先孕的女大学生到医院堕胎的故事。同样的事件，由于人物性格和人物关系不一样，写出的故事也完全不一样。在前一个案例中，带田依依到医院去堕胎的是她的男朋友也是这部戏的主人公程野，他们之间似乎并没有发生什么冲突，从决定堕胎到决定放弃，程野基本上听任田依依自做主，人物主意转

变的动机不足。编剧在这里也布了个“局”，即程野的那位小学同学莫名其妙地出现，设置小学同学出现的目的是不让程野同田依依一起进医院，好让田依依被那些婴儿及母亲唤起母性，从而放弃打胎。而后一部戏则充分利用这样的事件巧妙地把所有人物都搅在了一起。这个戏的主人公楚光是女大学生陈露的老师，陈露被一个叫高山的作家诱骗，怀了孕，无奈之下找到楚光，请他帮忙。楚光带着她到医院堕胎，作为一个大学教师，做这样的事情，处境难免尴尬，但也很能体现楚光的性格和为人。偏偏这个时候他自己的女朋友白雪约他去看电影，而一起看电影的还有白雪公司的老板，一直在追求白雪的董志强。这样，楚光更处在各种关系旋涡之中，偏偏他又在医院里碰上了系里的赵老师，这个赵老师曾经想把系主任的亲戚介绍给楚光做女朋友，被楚光婉拒，赵老师觉得很没面子，总想找机会报复。他见楚光和陈露在一起，而陈露刚好做了堕胎手术。楚光的处境由此肯定很难。这还不算，就在陈露在楚光的宿舍里休息时，白雪打电话过来。陈露不知道是楚光的女友，自己身体不舒服说话也很不客气，结果造成楚光和白雪之间发生误会，使楚光和白雪的关系出现危机。加上董志强乘虚而入，楚光陷入困境。可以说，在这里，编剧充分利用了未婚先孕的情境，几乎把戏做到了极致。

很多故事当中，很多人物似乎在说着几乎同样的话，做着几乎同样的事情，于是人物的个性被抹平了，人物都没有了灵气。人物的行为其实是人物心灵的外化，正像世界上没有两片相同的树叶一样，世界上同样没有两个性格完全相同的人，每个人的经历不同，性格不同，行为方式也具有各自的特点。写故事应该准确把握人物的秉性，并且巧妙地将这种秉性转化为人物独特的行为方式。

《甜蜜蜜》开场的内容注定了女主人公与众不同的人生历程，剧中是这样描述的。

听说398农场卫生所新来了个姓叶的医生，水性杨花，生了一张狐狸般娇媚的脸，凡是见了这张脸的男人，无不想入非非，夜不能寐。传说总是既邪性又离谱，却偏偏最能勾起人心底最原始的欲望，于是经常有三三两两的好色之徒趴在诊所窗台前、门缝儿边窥视，彼此暧昧地笑，龌龊地议论。医生韩阳每每见到，厌恶气恼得不行，便出言斥责。那些人贼眉鼠眼嘻嘻玩笑，说韩医生近水楼台先得月，滋味怎么样。韩阳气得骂他们无聊庸俗，叶青忍无可忍推门出来。她戴着大口罩，把脸遮得严严实实，一双秋水般寒冷的眼睛鄙夷地瞪着那些人，他们一哄而散，边跑还边回头看。

哀而不伤的人物楚楚动人，叶青柔弱又刚强，经历风吹雨打，秉性仍然是隐忍和

图 5-5　《金婚风雨情》剧照

克制的。

《金婚风雨情》当中，编剧是这样描写舒曼的。

舒曼是杭州姑娘，又是小姐出身，还是个医生，比起一般知识女性，更是洁癖得不行，耿直父母为小两口布置的小小新房也算得上窗明几净，但舒曼打扫起来，居然也忙上一整天，看舒曼收拾房间绝对是累，她拿个小扫帚扫床，边边角角一一扫到，一根头发丝都要用两根指头夹起来，认真放到床边纸篓里。放头发丝时，看到地上三个盆摞在一起，赶紧弯腰，将盆一个一个分开，从抽屉里拿出个玻璃瓶，掏出酒精棉，蹲下身，两只纤纤细指夹着酒精棉，一点一点擦拭脸盆。这天下了班，舒曼精心布置了家，换了苏绣桌布、窗帘，弄点花花草草到处摆放，墙上贴着画报上剪下来的胖娃娃大照片，都是大眼睛高鼻梁，健康漂亮。她将一台电唱机摆在卧室墙角，将唱针摆放到唱盘上，按了开关，悠扬的音乐声响起。舒曼退到床边坐下，听了听，觉得声音过大，又起身来到电唱机前，调小了声音。

此处，编剧通过描写人物的举止突出了人物的“净”，生活处处喜爱干净，并且具有生活情调。

此外，在设置情节时，还要注意节奏，注意在单位时间内戏的多少。在故事创作中，讲究“三分钟一个冲突，五分钟一个高潮”。如果节奏太慢，观众就会不耐烦。

四、戏剧冲突的形态

引起戏剧冲突的直接原因是事件，但事件通常不是引起戏剧冲突的深层原因。冲突的过程，其实也是人物个性特征以及人物之间关系展示的过程。在动笔写故事之前，需要明确人物关系，这样才能合理地把人物命运牵扯到一起，产生戏剧冲突。很多创作者在选择题材的时候比较看重具有激烈矛盾冲突的情节，对于内涵深厚但看起来戏

剧冲突较为平淡的选材往往早早放弃，由此也失去了很多好的机遇。

好的情节，未必都有大风大浪，不见得一定出现激烈的矛盾冲突。人物发生冲突的时候，即便没有那么剧烈，有时也仍然不失可看性。例如有些情节，精准传神地表现出人物的个性，而这些人物的个性并没有在激烈的戏剧冲突中体现出来，但也能出戏。

《甜蜜蜜》中叶青和雷雷开始相处后，有一段戏是这样写的。

斜阳入江，秋水瑟瑟，雷雷躺在江边的黄草垛上，仰面看着天上变幻不定的火烧云，想着少年心事。

青儿在江边坐下，看着江水发呆，眼泪慢慢落下，然后越落越多，肩膀剧烈抽搐着。雷雷看着青儿单薄的抽搐的背影，低下头想溜走。他悄然挪步，却发现青儿扑到草丛上，越哭越伤心，他心中不忍，想劝又不敢，一时手足无措。

两人沿江边走，看着落日在江边跳跃。雷雷跑前跑后，像野马驹般尽情撒欢儿。青儿安静地走着，欣赏半江瑟瑟半江红的美景。雷雷精力旺盛得必须发泄，不然他会发疯，他一会儿跳着脚冲对岸狂喊，胡乱说着什么；一会儿看到江里的鱼，兴奋地跳起来拿着石头砸。他跑得气喘吁吁，满头是汗。

青儿有种从未有过的轻松感，此刻的生活闲适而美好。

天色渐晚，倦鸟归飞。两人一前一后往家走，青儿有少女的羞涩，任凭雷雷按破铃铛也不搭理。

这段戏结合着江边自然美景，把青儿心中的苦楚，雷雷对她的关爱表现得淋漓尽致，又极具美感，人物之间完全没有对话，没有激烈的冲突，却胜过千言万语。雷雷的信马由缰，青儿的羞涩美好，两人之间渐生的情感，都在这段情景交融的戏中体现出来。

需要注意的是，叙事趋于淡然，并不代表不具备悬念，创作者设下的悬念暗含在人物的命运起伏之中。如《甜蜜蜜》中的叶青，编剧在交代人物时并没有使用悬念，而是开始就抖出人物秉性的纯良与周遭的迫害，于是人物的命运随之展开，她与雷雷之间的情感发展就成了暗含的悬念。

戏剧冲突有很多种形态，有外在的冲突，也有内在的冲突，有激烈的冲突，也有渐变的冲突。

所谓的外在冲突指的是人物言行举止上的冲突或者是事件中的冲突。内在冲突多为心理或是情绪上的冲突，这种冲突并不是直观的，需要进一步体察。

激烈的冲突通常犹如暴风骤雨，事态的发展常常出乎预料。渐变的冲突相对较为平和。激烈的冲突能够把人物推到极致的境地，命运跌宕起伏，容易吸引到观众，但是渐变的冲突常常更有嚼头。

戏剧冲突需要依附于剧情的发展，写实风格的故事更多地采用渐变的冲突，而许多类型剧，例如言情剧、武侠剧等多采用激烈的戏剧冲突。

《金婚》这部剧在题目上就直接点明了两人携手走向了人生的尽头，没有丝毫的悬念造作和吊观众胃口，似乎平淡得就像日常生活，人们如同在听一段关于50年婚姻历程的家常话。但这部剧中两人如何走过这平凡的五十年和生活中点点滴滴的冲突成为吸引观众的看点，事件的选取与设置之中蕴藏着超然的智慧和豁达的处世观。主人公事业学业起起落落，情感生活扑朔迷离，如佟志和文丽生活的艰辛与人生选择的痛楚；文丽与佟志分分合合的情感纠葛；小两口面临的生不生和生几个孩子的问题，经受丧子之痛后，晚年的文丽和佟志最终平和下来。难能可贵的是，编剧在创作中给予了人物理解和同情，把人物性格系统的张力，人性的美好，处理得分外醒目和动人，情节顺理成章被增添了新的维度。高尚出于真情，无论高低贵贱，鄙薄出于贪婪，无论富有贫穷，钱与情皆是苦药，富豪可以专情仗义，穷人也可能唯利是图。编剧在创作中体现出卓尔不凡的精神诉求和对纯爱的追寻。《金婚》中折腾了大半辈子，年老了的这对金婚夫妇在默默扶持和莞尔一笑中走向远方。创作中巨大的情感激变无一不是在有声与无声中交替传达。一种超越的审美姿态，引发观众超乎寻常的赞同和悲愤，由此剧作达成了对情感困境的感慨和对人性的终极叩问。一眼平淡，两眼平顺，看到最后观众心绪难平，泪眼朦胧。

此外，散体状态的情节，则不像整体状态的情节那样有头有尾，头尾呼应，也并无从起始、发展到高潮、结尾这样完整的走向；构成情节的一系列事件之间不注重因果关系，多注重某种精神、情绪或理念的表现，呈现一种看似松散、舒展的状态。这种特征的情节已经无法用戏剧式结构来组织，于是就有了各种非戏剧式的结构形式。这种结构形式如同散文的结构，形散而神不散；这个神，便是贯穿全剧的灵魂，或者说贯穿全剧的主旨。此外，心理结构这种剧情的组织方式，则把看似松散的情节按人物不同的心理流程合在一起。

《简·爱》通过简先后在舅母家、慈善学校、罗切斯特家、圣约翰家的四种不同境遇叙述了她自身价值追求的历程，情节的设计及人物关系的安排多服从于每一种境遇对简的性格的要求。尤其人物关系的安排，每一种境遇都自有一群人物，分别从不

同的角度影响着简的形象成形；而这些人物又似乎是“招之即来，挥之即去”，无须构成一个较为严密的人物关系网。这就有了小说式的结构形式，以主人公不同境遇中的情节的组合，刻画人物的性格和形象。

事件中矛盾的激化应当牢牢附着于人物秉性之上，要注意到剧中人物的变化和成长。这种变化和成长需要有所依托，使得人物的转变合情合理。人物关系的变化取决于构成双方思想性格的变化、沟通。由于这个变化有个渐进的过程，因此剧作应该把握好冲突的层次，使得这一过程既合乎情理又曲折多姿。

《我不是药神》中，主人公选择变化的依托合情合理，显示出人物有了根本性的转变，人物逐渐变得高大起来，这一过程真实可信。《简·爱》中，简与罗切斯特前后发生冲突共 13 次，正是这一次又一次的冲突，使他们两人的思想从相互冲撞到相互融合，也使他们俩从相识到相爱。不但整个过程有层次感，而且其中每个阶段也都有层次感，这使得人物的情感尤为真实和强烈。层次清楚，层次之间又有逻辑联系，叙事过程也就得以推进。

五、情节组织的基本原则

（一）真实性原则

情节的真实性原则应当有两方面的含义：一个是情节发展本身不能违背艺术的真实性，另一个是人物在特定情境之中的表现必须符合人物性格的内在逻辑性。

艺术作品的真实并不等同于生活的真实，创作者要通过描摹现实生活表达对生活和人生的理解和思考，传达出真善美的价值观，必要的时候可以使生活发生变形。但无论如何，创作的内容要做到合情合理，符合事物发展的基本规律，符合一般的人情事理，即便《西游记》之类的剧作，人物的感情和言行，基本上也是合情合理的。

艺术的真实是建立在生活真实的基础之上的，创作者对现实生活的理解和把握程度影响情节的真实性。譬如在一部学生作业中，作者为使人物情感极致化，作品的中心议题是要弄明白父亲是否他的亲生父亲，这决定了他是否给父亲养老。按照我国有关的法律制度，是否要尽养老义务是依据是否存在抚养关系来认定的，并不以血缘关系为依据。况且从道德层面讲，面对含辛茹苦养大自己的老父亲，即便不是生父，又怎忍心弃之不顾。作者的这种设计虽戏剧冲突更为激化，情节更吸引人，却违背了法理和基本的人情事理，因而失去了真实性。

某些创作者一味地追求情节的戏剧性，甚至不惜违背艺术的真实，有人创作出这样的情节：女主人公与小流氓发生争执，高富帅的男主人公正巧路过，当即出面为女主人公解了围。女子被男主的正气和帅气打动，立刻爱上了他，并且将男人抱住亲吻，旁边还站着男人的妻子，居然她无动于衷！这样的情节的确很离奇，也很吸引人眼球，却实在令人难以置信。

情节的虚假还表现为情感的虚假，在表现大喜大悲的情感的时候，许多创作者容易让主人公忘乎所以。有些人喜欢过分煽情，或者是交浅言深，往往是不到极致不罢休，结果不仅不能让人感动，反而让人觉得矫情。

在现下的创作中，一部分创作者反其道而行，在自己的创作中实现“把戏剧生活化”，而大部分的编剧穷其一生追求的不过是“把生活戏剧化”。艺术作品是在加工生活，但创作者的创作绝对不应当缺乏真实性，要把戏写得像真实的生活，体现出生活中的种种，成为观众窥视大千世界芸芸众生的舞台。这样的作品是戏，却又不像戏，像生活，又不是生活，却太像生活。

情节的真实依赖创作者对人物性格的深刻理解和把握，因为情节原本就是由人物内在情欲和性格在特定情境下自然外化形成的。在创作中需要注意人物和细节的真实性，从而深切地反映真实的人性。此外，在创作中还应当自觉追求历史的真实和特定历史时期人物动机的真实，将人物的个人命运和国家大环境、民族命运紧密结合。

立足于我们的现实社会环境和影视行业环境，要想把一部作品写得具有真实感，还能迎合各方环境，是颇有难度的，需要摒弃浮华，“静”下来进行创作。

（二）情节与主题的关联

如果说人物和情节是剧本中的骨和肉，那么主题则是剧本的灵魂。在特定的人物关系下，情节的发展有多种可能性，把握了灵魂，才有可能写出好的作品。譬如在电视剧《都挺好》中，如果从人物关系的复杂性出发考虑，根据剧中现有的人物关系，还能做出其他的人物关系，还能节外生枝一些情节。比如苏大强的老情人，如果设置这样一个人物，尤其在苏母死后，则有戏可做。还有苏明成的妻子丽丽在单位还有一个追求者，尤其在苏明成陷入人生低谷时也可以生发出一些情节来。但是这些情节都

游离于主线之外，而且与本剧的主题关系不大，所以编剧并没有在这方面做太多的文章，而把矛盾集中在家庭内部。

创作的时候要把握住故事中的主题，同时要围绕中心人物及主要矛盾冲突来组织情节，对于那些游离于情节主线之外而且与主题无关的情节，要尽量删减，否则就会影响故事的总体质量。

（三）情节与叙事风格的关联

观众对故事的消费需求，刺激从业者提高叙事能力。在这个过程中，有些叙事的方法和手段始终受到大多数观众的欢迎，于是这些叙事方法和手段就会被保留下来反复使用，渐渐定型，成为某种类型或模式。我们学习故事写作需要研究常规的叙事模式，研究它们成功和失败的原因无疑是非常有益的。

剧作的叙事风格主要有两种，一种是情节剧的叙事风格，故事中较多尖锐复杂的矛盾冲突，人物性格往往类型化，人物和环境相对立，情节高度戏剧化，跌宕起伏，犹如疾风骤雨，注重对观众感官上的刺激。另一种则是偏重于写实，力图按照生活的真实面目记录生活，人物平实，性格复杂。往往是从日常生活琐事中寻找矛盾冲突，冲突也相对平和。这种类型中情境的转变是渐进的，如同生活本来的流程，让人难以察觉，情节真实自然。

叙事风格在一定程度上会影响到故事的节奏，写实剧着重从日常生活中发掘情节，呈现出的节奏相对较慢，比较讲究画面的意境。而情节剧则追求高度的戏剧化，要求情节发生发展较快，跌宕起伏。

叙事风格的确定很大程度上取决于创作者对剧本的把握，一旦风格确定以后，最重要的就是要保证将它贯穿在整个情节之中，使得作品显现出一致的风格。

思考与练习

1. 结合看过的电影分析人物形态对戏剧冲突产生的影响。
2. 尝试分析情节与人物的关系。
3. 分析不同类型剧作中的人物设置，尝试自己创作几个鲜活的人物。

第六章
戏剧冲突的创作技巧

> > >

从根本上讲，戏剧冲突不是人为制造出来的，它应当是一种必然结果。但往往许多故事的创作者，并不真正善于把握能够出“戏”的地方。好“戏”错过去了，却找了一些不疼不痒的情节，影响了故事呈现出来的水准。这里总结出设计戏剧冲突的一些技巧供参考。

一、开场

我们前边提到过，编剧完成的剧本应当是分场景剧本，我们在创作每场戏的时候，首先要找到切入点，决定从什么地方开始写起。

开场需要考虑两个大的方面：一方面是两场戏的衔接方式，在此，编剧应该具备一定的导演知识，运用镜头的组接把两个不同场景的戏合理地连接在一起。另一方面需要设计好切入下一场戏的时机和方式，其中第二个方面是本节阐述的重点。

请注意下面这场戏。

1. 芥川房间 夜

芥川端坐桌前，一手握匕首一手攥一支细细的铅笔，他在削铅笔。那把并不算小巧的匕首在他手里显得相当灵巧，大刀削细铅笔，那道木屑居然不断，芥川练的是定力和手部灵巧。

这是片中最大的反派芥川出场的戏份。这段内容中人物的动作精准表现出了人物的性格和职业，芥川的神秘感也一并被托出。同样，剧中没有任何人物语言的直白表述，仅仅依靠封闭空间中人物的动作和神态做戏。动作的描写简明扼要，出手不凡的动作反映出人物性格中隐藏的果敢。在这里交代完芥川，随后大的事件就可以展开了。

从创作的角度来讲，一场戏切换到下一场戏应当是一个自然而然的过程，应当符合事情的发展规律，符合人物的秉性和认知，似乎并不需要特别的设计。但实际上，这正体现了编剧的巧妙，他们使得别具匠心的内容自然妥帖又极具艺术效果和思想内涵。要实现叙事中的顺其自然，需要故事具有恰似“草蛇灰线，伏脉千里”的特色，人物之间的冲突看似偶然实则必然。例如《金婚》，如果不是困难时期缺衣少穿，文丽不会把南方送到乡下婆婆家代为抚养，也就不会出现后来女儿的埋怨和母女间的隔阂。如果佟志没有因为事业发展去三线，也就不会认识红颜知己李天骄，也就不会有从三线调回困难所带来的困扰，也就不会有三女儿多多的指责。创作者需要善于从选择必然性出发，扎实故事中的矛盾冲突，使得冲突有充分的依托和更高的可信度，人物的生活印记便真实而鲜活起来。

对于初学者来讲，下笔写某些场景的时候往往会找不到合适的切入点，写出来的故事因为入场的切入点不合适，影响了故事的质量和节奏。

创作者在创意阶段就需要把生活中那些没有意义的内容剔除掉，把对故事有意义的具有戏剧性的内容进行整合。我们在写每场戏之前，首先要考虑将要发生怎样的事情，在事件接近高潮的前一刻切入，切记不能记成流水账。

请看下面的这段戏。

8. 某医院挂号窗口　日

田依依犹犹豫豫地走向窗口，伸出一只胳膊说：挂妇科。

田依依接过挂号条和病历本上楼。

9. 门诊走廊　日

田依依从走廊一侧走来，在一间诊室门口抬头看了看“妇科一诊”的玻璃牌，走进诊室。

10. 诊室　日

田依依默默地坐在桌边，把病历本和挂号条放在桌上。

医生打量一眼田依依，拿过病历本：名字？

田依依：田依依。

医生在病历本上写姓名：这名字挺好的……咋啦？

田依依：嗯……想做个妊娠试验。

医生很快开出检验单递给田依依：化验室在一楼。

田依依：谢谢！

11. 化验室门口　日

田依依低着头，静静地坐在走廊的长椅上。

化验员捏着一张化验单站在门口喊：田依依。

田依依忙站起身：哎。

化验员递化验单：妊娠阳性。

田依依：阳性是……

化验员：啊，你怀孕了。

田依依表情复杂。

田依依下意识低下头，凝视手中的化验单。

这段戏的目的非常明确，就是让主人公去医院化验得知自己怀孕的事实。且不说医院化验员口头直接告诉患者检测结果是不合实际的情节，此处的主要问题是没有找到合适的入场方式，所以使得戏过长又缺少看点。即便是过场戏也要有戏。这几场戏影响了整个故事的节奏，其实减少笔墨整合成一场戏可能效果更好。例如从田依依拿到化验单的时候写起，也足以让观众得知她怀孕了这个信息，或者直接写她把怀孕的消息告诉程野，这样信息更加集中，戏剧冲突更加明显。

入戏的方式也很重要。写某场戏时，创作者需要考虑自己笔下的这些人物当时在干些什么，入戏时人物的行为和状态有时候会对故事产生很大的影响。

在电视剧《都挺好》第一集中，第二个大情境：苏母去世之后众子女和苏大强一起讨论母亲后事。如果简单地承接前边的苏明玉到机场接哥哥的情境，那么只写关于母亲的后事就可以，但作者节外生枝，让苏明玉对嫂子亲自送过来咖啡的行为表示漠然，这表明了苏明玉的性格以及她与二哥苏明成之间并不和睦。这样的设计是故事本身大链条之外的闲来之笔，看似随意，却把人物性格刻画得入木三分，同时预留了悬念，显示出了创作者非同寻常的艺术功力。

图 6-1　《都挺好》剧照

二、冲突点

这里讲的冲突点指的是矛盾冲突的焦点。英国戏剧家威廉·阿契尔把这种态势定义为“紧张与紧张的悬置”，在他的经典文论《剧作法》中有这样的论述：“悬置紧张，比你一眼看去所获得的印象要深刻得多。如果没有紧张的悬置，我们的剧本就变成全是骨头和肌肉了，好像解剖学教科书中的人体可以一眼观尽。”[1]

创作者在设计每场戏的时候考虑最多的应当是把哪些人物搅在一起才能产生矛盾冲突，同时要精准把握不同人物的情绪和反应。

3. 郊外　日

芥川背着枪出了联队，来到郊野。他独自躺在青纱帐里，仰面朝天四肢平摊，接触大地，双眼微闭，那支时刻不离手的狙击枪放在一旁。此刻，这个杀人不眨眼的魔头似乎远离尘世，只听闻乡间鸟鸣花香，隐隐间似乎回到了日本故乡，有日本民歌在耳边轻轻响起。

草丛隐隐在动，芥川慢慢睁开眼睛，这双眼睛里开始还有一点遗憾，有一点留恋，但顷刻间重新变得警觉，蛇一般冷静锐利。随着一声轻微的声响，芥川人起身同时，枪瞬间顺过去。二十米外，一个七八岁小男孩惊恐呆站着，手里还抓着一把红枣。

小男孩呆呆地看着眼前持枪的日本人，一动不动，红枣一颗颗掉落。芥川把枪慢慢放下，嘴角浮起一丝淡淡笑意。小男孩转过身，机械地往回走，边走边回头。芥川毒蛇一样看着小男孩，没有表情。小男孩越走越快，他跑起来，跌倒了，再爬起来跑，越跑越疯。

芥川瞄准镜标尺显示孩子的奔跑距离，距离越来越远，500 米，800 米……眼看要进村子了，小男孩疯狂跑着喊着：妈妈……

一声清脆的枪响，子弹击中小男孩的后脑勺，他缓缓倒地。男孩手中红枣全部撒出去，合着鲜血。

这是《狙击手》中描写嗜血成性的芥川的一场戏，情节波澜起伏、扣人心弦。这出戏起于一个淡然美好的环境，杀手似乎融入了环境，他在回忆家乡的美好，温情柔和。接着出现响动，这时反面人物芥川又恢复了杀手的警觉，提枪起身，当他发现是个孩子时，

[1] 阿契尔 . 剧作法 [M]. 北京：中国戏剧出版社，1964：39.

又露出了温柔的表情。观众都在关注着男孩的命运，男孩转身跑走的过程形成了短暂的悬念，随着枪声落下，芥川的嗜血本性复燃，男孩倒在自家门前，一切美好戛然而止。这段描写，不单写的是一个小男孩落难的事件，更是着重描写了芥川的秉性和此人精准的枪法，无须再专写刽子手芥川，嗜血的浪子、沉重的生命如此这般地用语言刻画，简净利落。

图 6-2　《狙击手》剧照

小男孩落难一段，没有特写小男孩死亡时的状态，而是着力于描写撒了一地的红枣，那一地红枣的红色实则象征了鲜血，凄楚地表达出死亡。创作者用三言两语实现了词有尽而意无边。

下面再看学生作业《回来》中的一段戏。

12. 张平民宿　夜

张平走在家中的走廊里，想要回房间睡觉，他关上了走廊的灯，向卧室走去。这时候的他已经被依依折磨得十分疲惫，他手里拿着一个十字架和一把桃木剑。一个转弯的工夫，就有一个被床单蒙住的东西跟在张平的后面，哼出了一段儿歌，听到声音的张平转过头发现了这个东西，以为这是依依。张平虽然很害怕，但还是强装镇定。

张平颤抖着说道：快回去睡觉啊，在这玩什么呢？

张平将床单抓了下来，可是床单下什么都没有。张平被吓到了，拿着十字架和桃木剑在空气中胡乱比画一通，但是什么都没有发生，他停下了，大喘着气，刚才被他抓下的床单突然又升了起来，将张平绊倒在地并绑住了他的脚，张平在地上挣扎着，依依走到了他的旁边。

张平向依依求助：依依！你……帮我一下。依依看着张平，突然举起了一把刀。

张平大叫：啊！依依！

依依将刀刺向张平，张平一个翻身躲了过去，同时挣脱了床单的束缚，他跑向了灯的开关，而依依也追向了他。就在依依跳起来再一次要将刀刺向张平时，张平打开了灯，依依瞬间消失在了灯光下。张平刚刚松了一口气，灯泡却开始忽闪忽闪，张平赶紧跑向柜子，从里面拿出手电筒，此时客厅的灯又熄灭了。他拿起手电筒照向四周，没有什么异常，他边用手电筒照向四周边退向卧室。他照到墙上有一摊流下来的血，往下一看，依依满身是血又全身湿透地趴在地上，张平想要上前察看情况却又被吓得向后退了几步。突然依依抬起了头，露出狰狞的面容爬向张平。慌乱中张平跑到了依依的屋子，关上门，打开了灯，他紧贴着面对门的那堵墙，喘着大气盯着门，门外出现轻轻的敲门声。

依依喊：爸爸，开门啊，我回来了！

张平没有开门，敲门声也消失了。张平刚松了一口气，依依开始撞门，张平赶紧躲进柜子里。门被依依撞开了，依依站在走廊里，黑暗的走廊中只能看到一个巨大的身影以及一双很亮的眼睛，这个身影逐渐变成了依依的样子，慢慢走进了房间。

依依开口：爸爸，不如我们谈谈怎么样？

张平通过虚掩的柜子门看向外面，听到依依说这句话的时候有一些迟疑，犹豫要不要走出去。当他看到镜中依依的时候，他发现依依是一个黑色的怪物的样子，终于，他被恐惧冲昏了头脑，从柜子中冲了出来，扑倒了依依，掐住了她的脖子，依依先是使劲挣扎，而后突然一笑，就闭上了眼睛不动了。张平回过神来，看到一动不动的依依，不停地晃着依依。

张平喊：依依，你醒醒啊，爸爸刚才太冲动了。

突然，依依睁开了充满血丝的眼睛。

这段戏当中，人物动机明显失真。父亲面对女儿的魂魄第一反应居然是害怕，继而卡住了女儿的脖子。父亲一人含辛茹苦带大女儿，父亲的轻信导致女儿落入歹人之手，女儿的魂魄回来之后居然只有恨，想要致父亲于死地。原本这个选材可以较为顺理成章地显示出叙事张力，但在这里被抹平了。

三、主场戏和过场戏

主场戏和过场戏是针对戏的重要程度而言的，主场戏是事件发展的高潮阶段或者是需要强调的部分，是矛盾冲突相对较为集中的场次。过场戏主要是为主场戏服务的，或者交代事件产生的缘由和过程，或者仅仅为主场戏中的矛盾冲突做铺垫。

在前边提到的电视剧《都挺好》第一集的第三个情境中，苏明玉回忆发生在老宅中的陈年旧事。苏明成欺负妹妹明玉，爸妈视而不见，还帮着明成。这是一场过场戏，凸显苏明玉在家中受到母亲的冷落。之后苏明哲收到名校斯坦福大学的录取通知书，全家人为学费发愁，这也是一场过场戏，引出矛盾。饭桌夹菜场景进一步显示父母对苏明玉的冷漠。第三场戏是在苏父和苏母房间发生的，苏母斥责丈夫没本事，并且坚持要供苏明哲读书。这是主场戏，这场戏的内容改变了家中几个子女的命运，进一步显示出母亲对待几个子女的不公平。之后明玉的房间被出售，明哲顺利出国读书。

处理主场戏与过场戏的关系时，以下几个问题值得注意。

首先，在谋篇布局时要以主场戏作为重点，过场戏则主要是为主场戏中的矛盾冲突做铺垫，所以在剧中，过场戏不应占太大的比重，否则就会破坏剧中情节的节奏。其次，过场戏也要有戏，切忌把过场戏写成废戏。最后，要注意轻重，主要就是说要根据戏的重要程度，或浓墨重彩，或轻描淡写，一般来说，主场戏要写得重，写得实，而过场戏要写得淡，写得虚。

写作故事时有戏则长，无戏则短，而很多创作者在写戏的时候总爱把事件的前因后果，前前后后都交代得清清楚楚明明白白，没有主次，能出戏的地方不知道从哪儿写起，没戏的地方反而浓墨重彩。

四、关于误会和巧合

俗话说得好：无巧不成书。在故事的创作中，创作者经常利用巧合来制造戏剧冲突，譬如前面提到的案例，大学老师楚光带着自己的女学生陈露到医院做打胎手术，偏偏这时候女朋友白雪请他晚上去看电影，在医院妇科的候诊室他又偏偏碰到的是对他极有成见的赵老师，白雪打电话到他宿舍，接电话的却是在他屋里休养的陈露……正因为有这么多的巧合，才会发生后面的矛盾冲突。虽然在现实生活中不大可能有这么多的巧合，但在艺术作品里，只要合情理，没有破绽，就可以适当地利用巧合来制造戏剧冲突。

误会、巧合似乎为戏剧冲突设计提供了一条捷径。误会往往是在需要信任的地方产生，造成人与人之间的某种隔阂与对立；而巧合能够让剧情更加集中，能提供某种机遇让误会得以解除。

但是需要注意的是，巧合用得过多有时候也是创作者功力不足的表现，叙事中巧合过多，人为的痕迹也会很重。创作者要学会在平淡小事中出戏，这不是否定剧作中误会、巧合的运用，合情合理的戏剧性是应该提倡的，我们所要反对的是那种弄巧成拙，“编”味十足的误会和巧合。

五、悬念的设置

悬念，即线索在贯穿整个剧作过程中围绕人物关系或人物命运所表现出来的疑团、障碍甚至危机。故事创作中的悬念，是编剧或导演根据观众看戏时情绪需要得到伸展的心理特点对剧情所做的悬而未决和结局难料的安排，以激发观众急欲知其结果的心理。它是使情节引人入胜的常用手段。

悬念的设计应该属于一种创作技巧，含有很大的技术性成分，它的产生主要依靠以下条件：（1）人物命运或者事件本身潜伏着危机，并不是一时兴起而为之；（2）成功与失败都有可能出现，或是人物命运的走向并不十分清晰；（3）势均力敌，但依据事态发展又必然会有结局；（4）故事中的人物能够引起观者情感上的动容；（5）观众对事态的发展有预料。

悬念的设置深刻影响着作品的艺术效果，剧作叙事的核心是人，是人与人之间的关系、人的命运，这是观众最为关注的内容。悬念有助于调动观众的观赏心，使他们急切期待故事的继续发展，想要看到剧中人物关系和人物命运的最终结果。

需要注意的是，悬念设计是建立在观众对人物命运及事件结果关注的基础上的，这种关注又必须以观众对人物的爱憎作为基础，否则悬念就没有情感基础。与电影或戏剧比较，电视剧情节更需要有悬念，因为电视剧播出时间长，要吸引观众继续看下去，就要有悬念。悬念设置还依赖人物塑形的厚重程度，倘若人物塑形过于平面化，情节过于简单直白，也就不会形成岔路口，毫无悬念而言。我们写戏的时候，要注意留下一些余地，不要把所有的事情都过早地说破，给观众留下一些念想，这就是悬念。

诸多优秀影视剧作已提供了悬念设置的一些基本的经验和方法，此处归纳为如下一些基本规律，供初学者进行学习。

1. 悬念作为叙事线索

线索是情节中大大小小事件连接而成的叙事条理和脉络，线索贯穿的过程就是情节

中的事件先后发生的过程。一般都是悬念设置在先，破解悬念在后，在分析和进展中又生发出新的悬念。在经典电影《公民凯恩》的开始，美国报业巨头凯恩猝然去世，临死时他喃喃地说了“玫瑰花蕾”四个字，这成为剧中人们纷纷猜测的疑团。受命解开这个疑团的汤姆逊逐个调查相关对象。这里，“玫瑰花蕾”四个字就是编剧所设置的悬念，而汤姆逊一次次的调查都没有结果，于是在事件的进行中这一悬念多了一分神秘感，观众自始至终被这个最大的悬念吸引着，想知道最终真相，自然生发出观影兴趣。

以线索贯穿的悬念多出现在一些侦破剧或是警匪剧中。剧作在一开始便抖出案情，作为悬念。线索可以说是自案情出现开始产生，并始终贯穿于案情的侦破过程，由此剧作产生扣人心弦的观赏效果。

2. 于线索贯穿的关节处设置悬念

线索贯穿的关节处也是情节发展的关节处，人物关系和人物命运往往出现新的转折，这时线索可能会中断。这种悬念设置技巧在长篇剧作中运用得十分普遍。电视剧的每集戏经常会在人物命运发生转变的关头突然中断，给观众留下悬念，好让他们接着看下一集。此外，一些复线叙事类型的剧作也常常在线索贯穿的关节处设置悬念，常常表现为几条并行的线索的汇聚处便是悬念产生的紧要处。

3. 冲突设置过程中的悬念

如果说前边提到的两种悬念设置的技巧都是从情节走向的角度总结的，那么这一悬念设置技巧是从结构形态的角度归纳的。冲突本身就是悬念。一些戏剧性强的剧作，当发生冲突时，观众所关注的是人物的命运走向，或者是人物之间关系的最终走向，因而观赏兴趣浓厚。例如短片《三公里》当中，主人公快递小伙在风雨交加中送快递，结果快递中的手机泡水损坏，客户要求赔偿，观众都关注着小伙能否赢得比赛获得奖金，他们非要一看到底不可。

通常，在有敌对性冲突的剧作中，为了强化正面人物，往往敌对人物被塑造得很强大，于是正面人物的安危就令观众担忧，这正是冲突本身所产生的悬念效果。至于一些含非敌对性冲突的剧作，由于冲突本来就是双方（人与环境、人与人、人与自身）有差异而引起的，于是这种差异的最终趋向便成了观众观看的兴趣点，同样具有悬念的效果。

4. 情境悬念

这种悬念的设置技巧是从画面造型的角度归纳的。创作者通过对人物所处环境的

图 6-3　《三公里》剧照

刻意渲染而制造一种特有的情境或者环境氛围，从而产生悬念感。情境设置的线索贯穿过程中的悬念又可称为情境悬念，在一些惊险的、心理性的、恐怖类型的剧作中比较常见。希区柯克被称为悬念大师，他的《蝴蝶梦》《后窗》《爱德华大夫》等经典剧作中，可以说情境悬念接二连三地产生，使得观众始终处于屏息以待的观看热情之中，这也形成了希区柯克影片中独有的叙事效果。

一般来说，侦破剧、警匪剧较为注重悬念的设置，而生活流类型的剧作并不着意设置悬念，因其是以挖掘情节的内涵制胜的。应该提出的是，在实际运用中，一部剧作中悬念设置的角度并非是单一的，而经常呈现多种类型的混用。

六、必要性铺垫

前面提到了主场戏与过场戏之间的关系，主场戏是事件发展的高潮部分，但这种效果需要有前面的铺垫才会让人觉得可信，没有铺垫，戏剧效果很难产生。例如，我们写一个机器在用到关键处坏了，我们就需要在前面情节中铺垫这个机器工作状况不太稳定，这样后边出现重大状况才会令人相信。

剧作中情节的发展大致有两种模式：一种是全剧就围绕一个大的事件来写，大的情境下面套着许多小情境，一步步推动情节发展。这种情况下，每一个小的情境都是对大情境的铺垫，最后事件才被推向高潮；另一种是故事由许多个事件组成，情节如同波浪式向前发展，后浪推着前浪，逐渐推向故事的高潮部分。在这种情况下，往往在一个情境中隐含着另一个情境，一个情境的结束就是另一个情境的开始。

七、细节

细节是故事中具有标记性特征的细微环节。它的存在不但能充实、丰富情节，而

且对人物刻画、环境渲染以及主题升华都有重要的叙事意义。人物的举手投足、各种事物或者情境等，都可以借助它们的特征构成细节而融于情节之中，成为情节中的细微环节。

创作者在写戏的时候，经常会为了故事中的一些细枝末节而绞尽脑汁，经常需要考虑某个人物在某个场合穿什么衣服，戴什么样的帽子，有什么物件出现等。

下面是《狙击手》中苏云晓在得知丈夫文轩生死不明时的一场戏。

文轩宿舍里，苏云晓一身军装，手持十字架跪在床前，那是她和文轩相依而眠的地方。她双手紧攥十字架，头抵住床沿，她在祈祷，祈祷丈夫平安。她双手死攥住十字架，嘴里默念着什么，她显得越来越紧张，嘴巴越动越迅速。

她忽然停下，慢慢抬头，眼神空洞茫然。仇恨就像动土萌芽的小苗，在她心头迅速疯长。她忽地起身，拿出一支带瞄准镜的精致步枪，利索地将枪甩到肩上，眼神疯狂中带着坚决。

因为动作大，那条挂在她脖子上的十字架，咣当一声落地，在地板上弹跳，苏云晓不顾而去。

这是一场室内戏，只有女主人公一人，人物动作描写得简洁清晰。在动作和神态间主人公矛盾的心态和决定带枪复仇的心理转变被描写了出来。十字架的落地凸显了人物的决然，具有象征意味，这个细节的出现实则也点出了人物的命运走向。整场戏没有一句对白和心理描写，却传神地表现出了人物心境。

剧本的创作应当来源于生活又高于生活，剧中生活的细节需要讲究情趣，平时平凡得不引人注目的事物都可以变成经典，使得情节颇有嚼头。在《金婚》中，女主人公文丽想给大女儿换一双鞋子，孩子脚上的破鞋和柜台里漂亮的新鞋一起成为剧中人物采取所有行动的动力，引动观众的心绪。一番波折之后，女儿终于穿上了新鞋，妈妈却失去了本来应该到手的新自行车，母爱在无声中和盘托出，同时，困难时期特有的家庭境况令人唏嘘。

这些零星的事物并不仅仅作为背景和道具反映时代烙印，还有着属于主人公特有的印记，人物的秉性，人物的经历，甚至剧情都在这些细节中被反映出来。我们通常以三个类型来归纳细节：（1）贯通式，即某个细节贯通全剧线索；（2）组合式，即众多的细节被组合于线索贯穿过程中，构成全剧的叙事过程；（3）定点式，即线索贯穿过程中对某个细节作特定的内涵处理。

大凡细节，其实都有其特定的叙事内涵，叙事内涵是由细节自身的标记性特征所决定的。真正好的故事需要以生活中的诸多细节为线索，围绕主人公的所见所闻所想展开，从现实中提取无限延展精神实质的表达方式。我们欣赏剧作，需要从整体上和细节上同时着手，品鉴各部分和体会整体美同样重要。

思考与练习

1. 创作中怎样给人物制造困境？困境对剧情会产生怎样的影响？结合看过的剧本加以分析。

2. 结合看过的影视剧，谈谈你对情节真实性的看法。

第七章

结构与线索

>>>

一、对结构的理解

传统的影视剧作结构从戏剧结构形式借鉴、演变而来，又称戏剧式结构。它的基本特征承袭了戏剧剧作中的冲突律，全剧以戏剧冲突为中心，形成起、承、转、合这一结构框架，也雷同于传统戏（尤其中国传统戏剧）的结构框架，这是“传统”之说的含义之一。[1]

戏剧结构由于受到时间和场次的限制，非常严谨，传统戏剧一般人物较少，线索单一，戏剧冲突集中，从开始就需要迅速展开矛盾，很快达到高潮。戏剧情节只能按时空顺序发展，对于过去时空发生的事情可以通过人物叙述加以补充。长篇剧作，其情节也是按照时空顺序发展的，但对于过去时空里发生的事件，可以通过闪回镜头加以叙述。实际上，很多电视剧导演对使用闪回镜头都持谨慎态度。

影视剧剧本结构的设计应当基于剧作家对生活的认识，根据塑造形象和表达思想需要，运用艺术思维把一系列生活素材加以组织和安排，以期达到艺术上的审美效果。

初学者写剧本之前，对整个故事的结构应该了然于胸，譬如怎样开头，怎样结尾，剧本总共有几条线索，这几条线索之间怎样衔接，怎样达到预期效果等。即便不用等到把这些问题都想明白后才动笔，至少得有个总体的考虑。

二、几种结构形式

非传统的剧作结构是指除传统的剧作结构之外的其他结构形式，在这里为了方便学习，我们归结为文学式结构、心理结构、混合结构。非传统的剧作结构是影视剧作在结构审美特征上的突破、发展。

[1] 赵孝思 . 影视剧作的叙事艺术 [M]. 上海：上海大学出版社，2004： 50.

1. 文学式结构

文学式结构，顾名思义，是从文学作品的结构形式借鉴而来，大致包括小说式结构和散文式结构两种。

（1）小说式结构

小说式结构着重表现的是人物关系，着重刻画人物性格和情感变化。

（2）散文式结构

散文式结构类似于散文结构，注重于依据生活的流向来结构剧作框架。没有起承转合的固定形式，也没有小说式结构那样强调场景的整合，常常表现出把生活中一系列看起来松散的、不连贯的现象通过具体人物浓缩成一个整体，反映出对某些问题的深刻思考。

2. 心理结构

这里说的心理结构，指以追踪人物心理变化或人物内在情感变化为线索结构剧作框架的一种结构形式。这种结构形式服从和服务于人物心理状态的展现，充分刻画人物特定的思想情感和性格特征。

就像艺术形式本身不存在高低贵贱之分一样，传统结构与非传统结构彼此间不存在优劣之分。结构不仅体现创作者的构思，更是剧作内容的重要表现形式。因此，初学者动笔前需要根据故事内容的特点，构思好结构形式。事实上，现代影视剧作实践的不断丰富已使剧作结构呈现出多种类型的混合趋势。

最后，有必要单独谈一谈电视连续剧的剧作结构。电视剧，就其叙事规模说，一般可分为单本剧、系列剧和连续剧。两集或者三集的单本剧，其规模通常相当于一部电影，剧作的结构原理同样与电影的雷同。电视连续剧则有所不同，由于它的叙事规模上的特征，它在组织叙事方面必须要有所拓展或突破，归纳起来有两大模式：连锁式与网络式。

1. 连锁式的叙事结构

连锁式的格局特征是，叙事过程纵向展开和集与集之间连锁式衔接。具体地说，这种组织模式的电视连续剧，其每集有一个主要事件，根据事件进展的顺序展开叙事，同时展示人物以及人物关系。而每集在叙述这一主要事件时，又预设了下一集展开的由头，使前后两集的衔接保持连贯。

一般来讲，这个类型的电视剧，其每集结尾往往暂停在情节发展的关键处。

2. 网络式的叙事结构

这种组织模式的电视连续剧，往往以主要人物为轴心向四处辐射，剧中其他各种人物纵横交叉，人物关系呈网络状，叙事过程正是依靠这种网状人物关系的渐次呈现展开。

由此，网络式的叙事，注重人物和人物关系的交织，并且以此为依据安排叙事。

一般来说，传记性质的电视连续剧，其叙事角度大多着眼于剧中的主人公。一些戏剧性较强的电视连续剧，多凭情节走向连续成剧。这样的类型都适合于连锁式的结构。而头绪较多，需要多方展开的剧作，更适合网络式结构。

三、布局结构的观念

很多情况下，创作者对结构的概念越淡薄，其情节组织得会越完美，作品越有创造性。

创作者对故事结构的把握必须以对情节和人物的深刻理解作为基础。情节本身具有内在逻辑性，切莫过多人为地故作高深，破坏了本身的结构。故事结构有内部结构和外部结构的说法。

外部结构是指剧作的外部组织方式，即将未来剧作中的形象结合起来的方法。是最后的完成步骤，包括处理部分与部分、部分与整体之间的分离与联系，次序与排列；规定开端、发展、高潮和结尾等基本结构的比例；确定场面、段落的划分与组合等。

内部结构是指剧作的内部构造方式，即构成形象的各种要素间的内在逻辑关系和组织形态。内部结构应该说是剧作成形的前提性步骤，包括了处理好性格相异的人物之间的关系以及人物和周遭环境之间的关系，还要考虑到由以上关系形成的情节和细节。

外部结构是有形的，而内部结构是无形的，无形的内部结构必须通过有形的外部结构表现出来。创作者只有充分把握情节的内在逻辑关系，才能使得各方面安排得当。同样的题材，同样的情节，由于创作者秉持的理念及对情节和人物把握的程度不同，可能会导致完全不同的结构方式。

四、线索

写作任何形式的叙事作品，都需要事先理清楚线索，这一点对于以视听手段为依托的影视剧来说非常重要。影视剧比起小说来，更讲究戏剧性，情节往往较为复杂。如果线索不清晰，可能导致故事叙事的混乱，结构也会失去平衡。

有创作者把情节和线索联系在一起思考，并称作情节线索。事实上，类似于故事和情节的关系，情节和线索也是既有联系又有区别的不同概念。从叙事的角度来讲，情节多指故事中设计的具体事件，而线索应当是这些具体事件的完整走向。情节点是一个个的点，而线索是由“点”连成的“线”，从而表现出整体的叙事过程。情节是线索的依据，线索从整体上体现情节的进展。

即使是一些不以情节见长的影视剧作，其叙事过程也有线索可查，只是另有线索依据。以著名的《城南旧事》为例，剧作中秀贞、小偷、宋妈三个人物的故事看起来并无关联，但是给观者带来的却是融一体于全剧中的感觉。这是由于三个互不关联的故事之间贯穿着主人公小英的一种思绪，那是特定年代的北平给孩童时代小英子留下的关于社会、人生的众多迷茫和困惑。人物的种种思绪便是查找线索的依据，众多思绪贯穿起来，就成了全剧的叙事线索。

通常，我们把线索分成两种状态，一种是单线叙事，一种是复线叙事。

1. 单线叙事

单线叙事，顾名思义就是整个故事围绕一个事件展开，其他事件都是为了这个事件的顺利进行而做的铺垫，这个事件我们称为核心事件，其他事件则是次要事件。如果把单线型线索比喻成串联电路，那么核心事件就是总开关，中途任何一个次要事件出现问题，开关就无法启动，情节也就无法顺利推进。

按照线索贯穿的具体状态，单线叙事又可以分成单线无分叉叙事与单线有分叉叙事。

（1）单线无分叉叙事：其线索贯穿呈单一的直线状态。

可以这样理解，单线无分叉叙事的线索是由情节点逐一连接而生成的。例如前面提到的《三公里》当中的几个重要事件：小伙买车，小伙得到快递的工作，小伙送快递遇到赔付，小伙加入比赛。把小伙在剧中的几件事连接起来，就生成了全剧的叙事线索。

但是从叙事的角度来说，仅仅把节“点”连成一线还远远不够，重要的是编剧在连接情节点时应该寻找“点”与“点”之间内在的逻辑关系，赋予叙事线索剧作条理。

对《三公里》剧作稍加分析便可以发现，叙事线索所连接的各个“情节点”之间分别有着因果、递进、转折等逻辑关系。小伙想要得到一份快递工作，因为资金不够于是买了一辆二手的老式自行车；因为自行车速度不够快他又险些丢掉这份工作，后成功证明实力后辛勤送快递；因为淋雨快递损坏，客户要求赔偿新手机，于是小伙想要通过赢得比赛换取作为奖品的手机；由于自行车的破旧，小伙最终没能实质性夺得第一名。由此可见，叙事线索与人物形象刻画的“线索”是一致的。

（2）单线有分叉叙事：其线索贯穿呈分叉形的直线状态。

这种分叉形的直线状态，通常又有两种表现形式。一种是情节进展过程中因对人物、事件或有关背景作补充交代而生成的线索分叉形式。前边提过的《都挺好》第一集当中，大哥苏明哲回国，几个子女商量母亲后事和父亲的养老问题，在回老宅路上，明玉回忆起她在老宅受到母亲冷落的场景（其实是编剧据此向读者介绍苏明玉其人的背景），回忆结束，原先的叙事得以继续。

另一种是叙事过程中因生出两件以上且相互并列的事件，分别一一道来而在后边发生分叉的形式。在前面提到的《城南旧事》中，剧作从小英子的视角出发先后引出关于秀贞、小偷、宋妈三个人的故事，分别予以叙述，都是为了表现幼年时的小英子的思绪，于是叙事线索形成了分叉。这里的每一次分叉都从主线出发，又回到主线继续叙事，宋妈本来就是小英子家的保姆，关于她的故事的分叉线索也就与主干线索重叠了。

2. 复线叙事

全剧有两条或是两条以上的线索分别展开叙事就是复线叙事。按照线索贯穿的不同时空关系，它又可以分成复线平行叙事、复线交叉叙事。

（1）复线平行叙事，指的是两条或两条以上的线索在同一时间内同步分别贯穿，彼此呈现出平行的状态，最后交汇一处。

分析动画电影《嘻哈英熊》叙事线索可具体阐明。全剧在同一时间段分别叙述了两件事，一件是父亲大山通过各种努力营救儿子嘻哈，一件是嘻哈与被困动物们一起设法自救，两件事同时推进，两条线索呈现平行状态。故事的结尾，嘻哈见到了来营救自己的父亲大山，大山为了救嘻哈落入了谷底险些丧命，最终是所有动物获救的圆满大结局。

（2）复线交叉叙事，是指两条或两条以上的线索在不同时间不同空间交叉贯穿。

阿巴斯的《橄榄树下》就是典型的“戏中戏”结构的电影。这部影片共有三个故事：

第一个是摄制组到地震后的一个小山村拍摄影片的故事；第二个是摄制组所要拍摄的故事；第三个是男女主角在戏外产生爱情的故事。这三个故事环环相套，不断交叉，却都没有戏剧化的情节，有的只是对生活的原生态展示。这部电影可以说是男女主角戏外人生的一个展示平台，除他们之间的情感纠葛外，影片中所有其他人包括“戏中戏” 的导演也都只是观众而已。影片中的“戏中戏”只是排练场景的重复，影片中人物的性格特征及其情感发展都在这些排练场景中展现出来。最后，阿巴斯仍然留给观众一个开放式结尾，以一个近4分钟的长镜头——侯赛因与塔赫莉穿越郁郁葱葱的橄榄树林的画面——结束了影片。

五、叙事线索类型的选择

选取哪种叙事线索类型同样取决于所要表现的内容及审美效果的需要。艺术贵于创造，于是选择叙事线索也应当别具一格。

影视剧的结构与小说的结构有着很大区别，在长篇小说里，叙事并不受时空的限制，即便同时发生的故事，也可以分开来叙述。它经常用一章或几章篇幅讲述一条线索里的故事，再用另外的章节写同时发生在另一条线索中的故事。而在长篇剧作中，倘若有两条或两条以上的主线及其副线，那么这几条线索中发生的情节都要照顾到，从这点说，小说中的结构是平面的，而影视剧作结构是立体的。所以在剧中经常会看到，几条线索中的情节按照时间或逻辑顺序相互穿插并行发展。各主线中的情节在每一集所占的分量不大一样，往往在这一集中以叙述这条主线的故事为主，另一集则以叙述另一条主线的故事为主，在这种情况下要特别注意保持故事整体结构的平衡性。

创作者在设立故事主线的时候，如果有两条以上的主线，要考虑到这几条线索之间的平衡关系。既然是主线，那就应贯穿于故事的始终，这就必须考虑各条线索所涉及的情节的分量，倘若一条线索中的故事到剧作中途就已经完结，到了没戏可做的地步，就可能造成结构上的失衡，需要重新进行结构和布局。这里所谈的有关影视剧作叙事线索类型的选择，我们只是通过对现有各种叙事类型与剧作其他一些元素关系的分析，总结一些规律，以此作为创作者选择叙事线索时的参照。

六、布局

众所周知，情节的发展可以分为四个阶段：开端、发展、高潮和结局。

1. 开端与发展

都说万事开头难，写小说也好，写剧本也好，在这一点上都是一样的，有了一个好的开头，后面的情节往往可以顺理成章地发展下去。初学者经常会为剧本的开头而费尽脑汁，经常因为找不到好的开头迟迟不敢动笔。剧本故事的开头非常重要，从内容和结构上说，它将起到总领全剧的作用。

开端还担负着交代人物和人物关系，建立全剧故事基本框架的任务。在长篇剧作中，在第一集中，大多数主要人物都应出场，冲突初步形成，故事的线索也开始布局。前面提到过电影《我不是药王》，这个故事讲述了一位不速之客的意外到访，打破了神油店老板程勇的平凡人生，他从一个交不起房租的男性保健品商贩，一跃成为印度仿制药“格列宁”的独家代理商。收获巨额利润的他，生活发生剧烈变化，被病患们冠以“药神”的称号。但是，一场关于救赎的拉锯战也在波涛暗涌中慢慢展开，因为私自贩卖，程勇遭到警方调查。其间，程勇在医生舒曼的帮助和指引下，从自私走向无私，为病人的生存权而抗争，虽然入狱却赢得了尊严。这个故事如果从头至尾讲一遍，开头可能并不吸引观众。于是编剧从程勇的家庭关系入手，展示他对父亲，对儿子，对前妻和小舅子的态度，主人公生活的社会环境和家庭环境衬出了他的秉性。编剧从程勇的这几个事件开始写起，将这几条线索都牵连在一起，很自然地引出了后面情节的发展。

故事的开端既要自然，又要巧妙. 要尽快让主要人物出场，又要考虑到情节和线索，还要设法吸引观众。前面写好了，后面的情节发展也就顺理成章了，倘若基础没有打好，或者人物关系建构得不合理，或矛盾冲突铺垫得不厚实，或情节线索交代得不清晰，后面的情节发展就很困难，也许会显得造作。有学生创作过这样一个剧本，写的是一个善良美丽的女子，她离婚以后自己带着女儿生活，非常艰难。找工作时她遇到了高富帅的男主人公——她的老板，后来因为老板妻子的猜忌，再加上小人的有意陷害，她被逼疯了，老板死了，老板的妻子也瘫了。老板妻子发现了自己的错误，尽力想救治这女孩。由于作者在前面没有铺垫好矛盾冲突，在写故事时遇到矛盾就立刻提供解决办法，这样的故事，再写下去反而是画蛇添足了。人物关系也过于简单，结果写到中途就写不下去了。

通常来讲，从开端到高潮前的这段戏是属于情节的进展阶段，这会占去全剧相当大的篇幅，对开端来说，它是情节的延续，对后面的高潮来说，它则是情节高潮到来前的铺垫，它如波浪一样把剧中戏剧情节一浪浪地推上去，直到最后的高潮，这一部分的情节需要斟酌，拿捏好分寸。

2. 高潮与结局

一般的剧作中，情节发展的高潮也是剧中矛盾冲突发展的极致阶段。在这个时候，所有矛盾冲突都交织在一起，所有能量都集中在一处，对剧作者来说，高潮也是情感能量积累到最后，最终爆发出来的阶段，问题也在这一阶段终于得到解决。

在有些故事中，剧情的高潮往往是在后，在此前的情节中，往往有一些小的高潮。一般情况下，以电视剧为例，一集戏中大约有三到五个大事件，每个事件发展到高潮时，冲突得以充分展开。另外，要注意情节上要有足够的铺垫，戏要做足，否则高潮就推不上去，给人意犹未尽的感觉。剧情发展到高潮，矛盾基本终结，各个人物命运也有了安顿，接着就要提供精心准备的结尾。

但是，有些故事的整体风格比较平淡，剧情发展似乎并没有形成明显的高潮，或者说是情节并不具有高度的戏剧性。剧作追求的是朴实平淡的风格，就像生活本身一样，剧情发展到高潮，冲突似乎也没有到激化程度，发生矛盾后，矛盾也未得到解决。

对于初学者来讲，开头和结尾都是需要下功夫仔细斟酌的部分。在学习中，要注意积累各种类型剧作的创作经验。对于已经创作出的初稿，要多研读和修改，好的剧本都是“改”出来的。

思考与练习

1. 怎样理解内部结构与外部结构之间的关系。
2. 尝试在看过的作品中找几个反例，分析一下可以怎样优化故事结构。
3. 选取一部你最近看过的作品，尝试分析一下线索。

第八章

对 白

>>>

对白是故事创作中最艰难的环节之一。相对于生活而言，它应当更加接近现实，却是现实生活中的语言的高度凝练。剧作中，对白当尽可能地含蓄而微妙，尽可能地生活化却不失情感分量。

英雄说的话，经验丰富的老人说的话，青春热情的少年说的话，贵族妇女说的话，好管闲事的八婆说的话，温文尔雅的学者说的话，走四方的货郎说的话，耕地的农夫说的话，都大不相同。

一、对话与性格

对白首先要从人物性格出发来创作，什么人说什么话，话语同人物形象相吻合。常常有这样的现象，初学者写一个菜场摆摊妇女说话，听起来却满腹经纶，写一个几岁孩子说话，听起来却像是成年人说的。

实际上，需要仔细推敲人物的性格和环境，这样写出来的对白，才能够充分体现主人的性格，从而推动情节发展。而往往初学者写对白仅仅是从自己的心底直接发出，抱有强烈而直白的目的性。一旦如此，笔下人物便会黯然失色。

同背景下，人物说话的目的也各不相同。有人抱着特殊目的而被动交谈，比如商业谈判、法庭陈述、签署各种形式的契约等。有人是为了达到目的进行主动沟通。比如长辈希望从孩子那里得到一些帮助，妻子想要知道自己的丈夫是否有外遇，下属要向上级主动坦白工作中的过失。还有一些对话看起来目的性并不强，比如家庭聚餐时人们的闲谈，家庭成员之间对某个现象发表意见，朋友之间针对生活经验的交流，家庭成员日常起居生活中的对话等。人们的对话可能怀有目的性，或者看起来并没有。不同的人生经历和生活环境决定了人的性格是不同的，于是表达方式也千差万别。正如本章开头提到的，以开门见山的方式表达主题思想的创作者常常会忽略对话在日常生活中的表现形态，进一步说，他们并没有考虑主人公应当如何来进行对话，而是从自己的角度出发，把对话当成了作者思想的传声筒。

下面来看一个案例，选自《狙击手》，开场就是女主人公苏云晓在自然场景下的出场，编剧是这样描写的。

郊外山坡一片花丛中，一个黑洞洞的枪口突兀地出现在其中。枪口缓缓移动着，一双稚气凌厉、同枪口一样玩世不恭的眼睛紧盯着前方一只蜻蜓。

龙少钦反复叨念着：打你左眼，别怕，就打你左眼啊……

低空起舞的蜻蜓仿佛通了灵性，腾空而起，落荒而逃。龙少钦正想扣动扳机，却听见一声枪响，子弹擦着蜻蜓身体飞过，蜻蜓一惊，斜着翅膀悄然落下。

龙少钦愤愤然收枪，咕哝着：手怎么这么欠啊。

开枪的人也不答话，又是一枪击断龙少钦的枪带，枪支脱手。龙少钦大怒：我到哪儿你跟到哪儿，烦不烦呀！

就听身后一阵银铃似的笑声，声音清脆动人：我要救它，在你弄残它之前。

苏云晓亮出一个亮闪闪的玩意儿，龙少钦仔细一看是一副手铐。苏云晓顽皮得意地说：从我爸那儿偷来的，你要是不听我的，我就把你铐起来。

不需要手铐，他们就像一对连体儿。

这一段戏中，苏云晓的个性，以及与龙少钦之间的关系顷刻间就变得明了。在自然界中展开叙述，突出的是主人公浑然天成的个性，以及两人物的起始状态。

就对话对于人物性格的体现，我们再举一个片尾的例子，《狙击手》中的龙少钦铁汉柔情，这个人物身上的规矩性不言而喻，军中的纪律和狙击手的重担，使他独来独往却不是我行我素；他重情重义，与战友情谊深厚却无奈看着他们接连死去。与其说石头等人成就了龙少钦，不如说龙少钦在为战友复仇和参加革命的过程中成就了自我，完成了使命。在《狙击手》最后一集中，对话是这样写的。

龙少钦悲伤地看着石头问：你真的想朝我开枪？战场上子弹不长眼睛，你是我带出来的徒弟，无论输赢，我都是条汉子。

龙少钦继续说大道理，吴世酉简直无法忍受，看着手表，对着石头大喊：时间到，开火。

石头掉头大吼：不许开枪，吴旅长，再给我一分钟，最后一分钟！

石头说完，扑通一声在城头跪下，求龙少钦离开：大哥，我求你离开，这不是你我个人的事情。

龙少钦说：这就是你我兄弟的事，我宁愿血洒在你面前，我要看着你开枪杀我。

石头热泪长流。

最后一分钟过去了，吴世酉铁青着脸再次下令开枪。一长串机枪子弹射出，石头瞬间抬头，狂喊一声：不……

石头一把将身边机枪手的枪筒举高，仍有数颗子弹射向龙少钦，他缓缓倒下。石头不顾一切冲上去，抱住龙少钦。龙少钦大睁双眼。他看着石头，眼神变得如此清澈透明，那是对生命、对石头、对亲人的留恋……

所有人都被眼前一幕震惊到，大家都忘记了开枪，战场上枪声骤停。回响着的是石头撕心裂肺的吼声：哥，哥啊……

龙少钦昏迷中被唤醒。他嘴角蠕动：放下枪，不要杀自己的兄弟。

说完，他头一歪，倒在石头怀里。

吴世酉再次逼迫国军战士开枪，疯狂的石头回头就是一枪，击毙了吴世酉。

这段对话是关于战争的增色书写，多了一层“因为懂得，所以放手”的宽容和美好。人性的善良和丑恶都在对话当中淋漓尽致地显现出来。这段通过对话展现人物性格之外，更是深层次地完成了关于人性的表达。

故事中需要生活琐事与小情趣，例如买菜，带孩子，做饭，洗衣服等生活场景，人物需要人情味十足，又充满个性。写故事从来都不是在解决问题，只是把问题摊开来让其自由发展，也不能显示出刻意的分析和引导。

此外，对话也可以直接表明心迹，和盘托出人物个性，例如关于雷雷的品行，《甜蜜蜜》中雷父一段话可以表明。

说着，他揽过儿子，声音坚定沉稳中透着隐隐的激动：这孩子从小就调皮捣蛋，也不爱学习，还经常打架，甚至小时候还好偷鸡摸狗。我们市委家属院的两条老黄狗都让他给药死了。这小子从小到大让他母亲伤透了心。可是，我儿子不是你说的那种纨绔子弟、流氓恶霸！他既没有强奸杀人，也没有干过违法乱纪的事儿！您从认识我儿子那天起，就骂他流氓无赖，我也经常骂他，骂得比您还重！所以，我儿子这些年名声很臭啊！又因为和您女儿的事儿，我还把他从家里赶了出去！可是现在，我当着我儿子面告诉他，爸爸委屈他了，其实爸爸一直就了解他！他虽然身上有很多小毛病，但绝对是个本性非常善良的好孩子！

编剧设置雷雷的痞子劲，实则是想表明他有敢爱敢恨的勇气，这样更突出了人物秉性的善良和情感的纯真。

创作者还可以巧用对话表明心迹，但这种表达需要建立在人物性格之上，例如含蓄温婉的人就不大会直接对心上人表白，直接干脆的人就不会说话拐弯抹角，设置对白方式时，要充分考虑人物个性。

在《金婚》中，编剧是这样巧用佟志和大庄的对话明确佟志的心意的。

大庄说：离她远点儿，这我最后一次警告你！大庄慢慢偏过头看佟志，又说：你什么意思？真不能自拔了？

佟志慢慢摇头，说：我这辈子有两个女人够了！

大庄大瞪眼睛，问：什么什么两个女人，你和那女的怎么了？你真的那啥啥了？

佟志说：啥也没啥，可这心里啥都啥了。

大庄愣住，伸手摸佟志的脑门。佟志拔掉大壮的手，呆呆地说：我也不想和她怎么样，只是心里温暖那么一会儿，一小会儿，文丽她能理解吧？

大庄非常认真地说：你是真不懂还是装不懂，文丽要知道你这么想，她会难过死。你就是在外面找小姐她也不会这么难过，你是在爱那个女人啊，哪个老婆受得了这个？傻话！

图 8-1 《金婚》剧照

这段对话简明扼要地说明了佟志对李天骄的心意和两人发展的阶段，此处大庄的言语其实是站在文丽的立场说话，也为接下来文丽的反应做了铺垫。

关于饥饿，《金婚》中有多处涉及，每一处都道出了事理人情和作者的观念。

饿肚子的日子在继续，文丽给燕妮和佟志盛了稀饭，自己拿了块干馒头啃着。佟

志不说话，把稀饭放到文丽的面前，自己抓过硬馒头，一边乐呵呵地说：这东西你别说一定经饿，多瓷实啊，就像野战军吃的那个压缩饼干啊，一个顶十个呢。

关于婆媳关系，在饥饿时期还有侧面的描写。

佟志端碗红糖水进来，坐到文丽身旁，佟志说：家里寄了点糖和肉干。我妈也是，这邮费还不得赶上糖钱了。她也不知听谁说的，说北京粮票紧张。

佟志一家在困难年头，日子过得不如农村来的庄嫂一家，庄嫂家里有粮食不说还能经常有肉，编剧是这样描写庄嫂和文丽的对话的，表明了两人的情谊。

这时庄嫂拿个纸包推门进来，一进门文丽就闻到一股味儿，赶紧说：关门，关门，什么味儿啊?

庄嫂赶紧说：我老家来人带了点羊骨头，分给你们点，这骨头补钙，孕妇喝最好了。

还有大庄和佟志之间的情谊，在困难时期也通过对话体现了出来。

在车间技术室里，佟志吃得无精打采。大庄将饭盒里一块黑乎乎的东西放进佟志的饭盒里。

佟志问：这啥呀，黑乎乎的?

大庄说：豆腐干，吃吧，有营养。我老婆自己做的，其实是豆腐渣，从前喂牲口的。

此外，对白可以说是表演中相当重要的一环。可以表现出人物品质，刻画出人物形象，表达作品主题。创作者即使在台词上做不到句句精美，最起码也要做到符合语法结构，语言合情合理。

二、无声胜有声

不可否认的是，某些情况下沉默比一切对白都要雄辩得多。人物的沉默使得剧情深入观众的脑海挥之不去。

朱光潜曾言：“要是看到悲剧而没有感觉到由人类的尊严而生的振奋之感，那就是没有把握住悲剧的本质。”描写悲剧性的剧情和人物除了能深刻反映人生的悲剧之外，更深层的意义是促使人们追求有价值的精神力量。

《狙击手》当中，编剧对苏云晓和龙少钦两人相爱又不能在一起的悲伤是这样描写的。

没有动静，龙少钦身体紧贴树干，不再说话，枪管迅速伸出去，瞄准镜缓缓移动。

图 8-2 《狙击手》剧照

龙少钦发现一顶国军女军官戴的船形帽，然后是一缕头发，然后是那双忧伤的眼睛。龙少钦木然放下手中的枪，苏云晓从树后走出。两人相隔数丈，呆立在那里盯着彼此，谁也不说话。

苏云晓看着这个人，看着恍如隔世的这个人，猛地转过身，匆匆离去。龙少钦怔了一下，下意识地跟了过去。苏云晓脚步越来越凌乱，只是跌跌撞撞地夺路而逃，走着忽然感到身体无力，她忙用手扶住身边一棵树。

龙少钦眼神茫然地跟着，忽然听到不远处传来一声压抑不住的号哭，龙少钦愣住，拔腿奔过去。苏云晓瘫坐在地，紧紧靠着树，全身不受控制地哆嗦着，压抑着声音却控制不住，满脸泪水。

龙少钦站在苏云晓面前，离得很近，但不知道怎么劝，就那样看着。苏云晓意识到龙少钦在眼前，拼命压抑着哭泣，浑身颤抖。龙少钦的眼睛忽地湿了，掏出一块干净手帕，塞到她手里。苏云晓紧紧攥住那块手帕，一把捂住嘴，压抑着身体深处一声声的哀号。

此处两人之间没有一句对白，四目凝望间却是最深的痛苦。在一贯的静气，一贯的镇定，一贯的执着中，写出了最大的悲哀。

《金婚》中关于佟志和李天骄的桥段有一段是这样写的。

佟志从兜里掏出手绢，走近李天骄，轻轻碰碰她的肩膀，手绢递过去。李天骄哭泣着接过手绢。佟志情不自禁怜惜地抚弄一下李天骄的头发，李天骄却被这短暂的触动击中了，她身体猛地前倾，紧紧抱住了佟志。佟志完全僵住了，呆若木鸡。李天骄痛哭出声，佟志不能动，不敢动，这个拥抱仿佛持续了一辈子那么长……

李天骄搂得紧紧的，不再哭出声，只是流着眼泪。佟志眼睛也渐潮湿，但他不敢动，也不知道做什么表示。李天骄松开手，佟志看着李天骄，本能地感觉到了莫大的危险，他呆立着，眼神中透着紧张。

李天骄是个辅助式的人物，作用也就是导致佟志险些出轨。此处，编剧的描述没

有一句言语，一切都是顺其自然，但两人之间的情感却是借着这出戏确定下来了，此处的无声胜过了千言万语。

文丽知晓后编剧极力让文丽静下来，编剧于是是这样写的。

文丽流泪的时候，时间已经走进了春天。佟志在办公室看着窗外的初春，分外落寞。他拿起话筒想给李天骄打电话又放下，再想打时，燕妮推门而入。佟志回头，看燕妮瞪着眼珠，就慢慢将话筒放下。

这段戏着墨不多，牵涉的人物却是4个人，把大女儿燕妮也拉了进来。文丽的心情通过默默流泪展露出来，佟志的矛盾心情从想打电话又放下可以看出。到底是没打还是没打成，不同观者的判断不尽相同，也给叙事留足了空间。燕妮的到来实则可看作文丽的介入，此处编剧巧妙地让长女介入父母之间的问题，文丽反而静了下来。这样的处置远胜于文丽直接和佟志吵闹。

三、对白用来表明观念或是转变

对白除了能展示人物性格外，在很多情形下也能直接推动情节发展。对白对于推动情节进展的作用不可小觑。

《金婚风雨情》的悲剧性来源于男主人公军事前途的毁灭。耿直是不折不扣的战斗英雄，首长重视，战功卓越，可谓前途无量。剧中是这样表达悲伤的。

赵主任刚走，耿直立刻起身冲着楚建喊：我这辈子对女人没这么动过心，我是真想和她结婚，这辈子不跟她过，我生不如死。

楚建现在非常严肃：我说伙计，这事儿可不是开玩笑的，你要想清楚，你那屁股是坐在党和部队这边，还是女人那一边！

耿直气急败坏：我屁股当然坐在党和部队这一边，我抱着老婆一起坐不成吗？我俩屁股摞一起坐不成吗？

楚建声音更高：当然不成！鱼和熊掌不能兼得！军队和女人，你只能选一项，否则你就脱掉这身军装！

耿直说：老子生是解放军的人！死是解放军的鬼！

军长也乐一下，看赵主任：你还同情他，那你说，政审方面能通融吗？

赵主任严肃地说：咱就是吃了豹子胆也不敢捅这个马蜂窝啊，耿直问题可不是个案，最近类似事件出了好几档，影响很大，军委都惊动了，三令五申，下了死命令，别说耿直是个少校，就是少将咱在这个问题上也不敢袒护他！他要娶那资本家女儿，他就得转业！军法无情！

军长骂道：他奶奶的，要别的混蛋犯错误老子一脚踹出去！可这小子真是个将才啊，他天生就是个军人，真他娘舍不得！

此处对白直白地表明了耿直为了跟舒曼在一起，不得不忍痛离开军营，放弃大好前程。

《甜蜜蜜》当中的大波澜实则充当了通篇的叙事背景，而故事本身是内向化的叙事方式，雷雷对叶青无微不至，叶青则抗拒，这样的创作没有刻意滤洗，却极有情绪感染力和带动性。人物的行动不执拗于产生戏剧冲突，而是专注于展现从人物心绪出发的追忆或者痛心的情感体验。片尾是这样描写的。

一晃几年过去了，雷雷始终昏迷不醒。

雷母、老雷从病房出来，青儿一身白大褂迎了上来打招呼：伯父伯母，雷雷今天好多了吧？雷母看着青儿，一脸忧伤地点头，却说不出话。

青儿冲他们笑了笑，要进病房。雷母看着青儿，叫住了她，哽咽着说：孩子，我们知道你对雷雷的心，我们也非常感动。可是，雷雷他现在这个样子，可能就是一辈子……孩子，我们不想拖累你，我们已经跟医院商量过……雷母抽泣着，再也说不下去。

老雷扶着老伴的肩膀，声音颤抖着说：孩子，就让雷雷走吧，你自己开始新生活。

青儿闻言呆住，眼泪不禁夺眶而出。她稍稍平静了一下，冷静地说：伯父伯母，我不会和雷雷分开，我要和他在一起，一辈子！说完，转身进了病房。

老雷和老伴儿痛苦地靠在一起，老泪纵横。

特护病房里，只有雷雷一人静静地躺在床上。青儿推门进来，打开电视。她坐到雷雷床边，看着他安静的面容，开始为他按摩。她一边按摩一边轻声说：又长胡子了，昨天刚刮，今天又长了啊！你还真是老爷们儿了。今天好不好啊？来，笑一笑……

她用双手往两边抻着雷雷的脸，做出一个笑模样。她出神地看着，不由自主地笑了起来：瞧你这傻样儿！然后她缩回手，雷雷又恢复了平静的面容。

雷雷沉睡着。这时，电视里播报着一则新闻："据报道，台湾著名歌星邓丽君于1995年5月8日下午五时半，因哮喘病发作，在泰国清迈去世，享年四十二岁……"

青儿闻听转过身，看着电视画面，机械地拿起遥控器将音量调大。邓丽君甜甜地

笑着，深情地唱着："甜蜜蜜，你笑得甜蜜蜜……"青儿搂过雷雷，随着邓丽君轻声哼唱，她将头靠在雷雷胸前，仿佛在倾听着雷雷的心声，和他的心一起唱着"甜蜜蜜"。随着青儿和邓丽君的歌声，雷雷的心起伏震颤着……

所有往事纷至沓来，青儿眼前全是她与雷雷少年时的情景……

图 8-3　《甜蜜蜜》剧照

此处抛弃了一般剧大团圆式的结局，反而让男女主人公在《甜蜜蜜》的音乐背景中苦涩相拥，这是一个写意的结局，超然脱俗，又给予了结局无限的遐想和韵味，不同的观众产生了不同的感触，甚至有人觉得这是一个圆满的结局，两人终于相守。这种稳定和平淡的情节风格成为剧中生活情态和审美体现的感性化呈现。令人无限动容又感到自然妥帖、毫不做作，观者的情绪在淡然的叙述中达到饱和。

在《金婚》中，文丽在得知丈夫跟李天骄的关系后，有这样一段独白加对白。

文丽在娘家擦着母亲的遗像，她就看着文母的遗像诉苦了。那时文母已经去世一年多了。文丽的眼泪一滴一滴往下落，说：妈，你告诉我怎么办？妈，你说话啊！

文秀和文慧进来。文慧一进门就松了口气，说：就知道你到这儿来，我说你别有事没事老烦妈，妈这辈子最操心你了，这好容易安生了，你让她静静地吧。

文丽落泪无语，文秀推一下文慧说：你少说几句。回头冲文丽又说：别哭了，哭也不解决问题。

文慧说：到底怎么回事？把你老头跟那女的抓了现行了？

文丽一听不乐意了，说：别说那么难听，佟志不是那种人！

文丽听了文慧和文秀的，并开始施展了。她不同佟志闹了，而且对佟志更好了。

寥寥几句话的工夫文丽就转变了心思。先是去亡母遗像前哭诉，表明文丽心中的痛楚无处言说，也看出此时文丽不知如何是好。后边文丽又说佟志不是那样的人，这话说给姐姐们听，却也是在告诉她自己，于是接下来，文丽对佟志更好了。此处观众总认为文丽会发作，最后却是文丽自己化解了李天骄带来的危机。

在对白的写作方面还需要注意语言问题。

1. 简净流利的语言风格

对于创作者来说，在撰写人物语言时，能够有所节制是一种难得的品质。作家都能侃侃而谈，但体现在人物语言层面就可能是喋喋不休，尤其在电视剧的人物对白中，一个人物一说就是一分钟的情况并不鲜见。小说中的人物可以滔滔不绝，也有些人物可以口若悬河，可以说来话长，可以从头说起，可以论事，可以说理，可以浮想联翩。而在影视剧的对白中如此这般，带来的结果是观众失去观赏兴趣，或者对于喋喋不休的情感表达直起鸡皮疙瘩。影视剧中的对白必须简洁而节制，同时对于整个谋篇布局要起到既定的作用。

对白的简洁是用很少的（语言或其他）去表现很多的内涵，而不是一味地少说话。这是对所有创作者的挑战，需要每一个小小的语气，每一句对白都要有明确的目的。无疑，最理想的对白需要一箭双雕：既扩展人物又推进了情节。

在《金婚风雨情》当中，耿直遇到了小桃花，两人有些暧昧之际，他与好友楚建的一段对白，和盘托出他的情感，却没有长篇大论，编剧是这样描写的。

耿直低吼：想想就已经觉得对不起舒曼，这怎么可能是我坐怀不乱、坚贞不屈、英雄一辈子老耿干的事儿呢？很无耻嘛！

楚建忍着笑，一本正经道：你这叫思想犯罪。

耿直瞪大眼睛，一本正经道：思想犯罪不算真正犯罪吧？

楚建哈哈大笑：老耿啊老耿，“文革”十年真是把你改造得太彻底了，好！我就是你精神导师，接着忏悔吧。

耿直松懈下来，也一乐：老子也没干缺德事儿，忏悔啥！

楚建看耿直：你小子，把老子当你丑恶灵魂洗澡盆啊，洗完了就没事了？

耿直把烟放进嘴里：去你的，什么叫丑恶灵魂，最多是纯洁灵魂蒙上一星半点儿尘埃。

楚建坏笑着：才几分钟你又不是你了，哎……明天，啊，今天，你上班咋见那小桃花？

耿直瞪眼：该怎么着怎么着呗！

耿直对小桃花有了些许的爱慕之情，正当情感向前发展之际，耿直与楚建的一段掏心窝子的对话轻松扳直了事态走向。这段对白不长，但把耿直从起始阶段的自责懊恼到最后的轻松释然的思想转变体现了出来。楚建与耿直的默契，耿直对小桃花的感觉，以及事件的走向，都在这简短的对白中展露无遗，完全不会感到沉闷和拖沓。

在《甜蜜蜜》中，韩阳没有得到叶青的感情，一个人以工作为生活的全部。这时候出现了爱慕韩阳的华华。华华直白地表达自己的爱慕，这其中的戏份很足，内容颇多，情节发展极快，编剧在此处用极简的话语完成了表述。

华华低下头，轻声说：韩老师，我也一直想问你。

韩阳紧张，下意识地道：啊？

华华抬头：你有女朋友吗？

韩阳躲开她的目光说：没有。

华华惊喜地问道：真的吗？

韩阳暗自叫苦，无奈地说：真的。

华华停了一下，有些羞涩地说：那，能考虑我吗？

韩阳彻底愣住，没有回答。

华华看到韩阳的神情，眼泪慢慢流下，哽咽着说：我懂了。

女孩对男孩求爱的桥段并不多见，这段内容既需要婉转含蓄，又需要表白内心，还得要打听信息，完全不是老套的求爱表白。所有的念想被一点点推高，又在最后韩阳的沉默中陡转。这段对白被灌注了性格和心理不同层面的信息。韩阳的正直和对叶青的一往情深在他的实话实说中展露无遗，女孩华华的直白和对韩阳的爱慕，也在只字片语间显现。从得知韩阳没有女友，华华心里满是欢喜，到后边韩阳沉默，华华心里感到失落，在寥寥数语间剧作展现了丰富的情怀和复杂的心理。这种对白看起来简单、直白，实则意蕴丰富。

在《狙击手》中，同样有一段想要确定情感的戏，是丈夫文轩与妻子苏云晓之间的一段对白，是这样写的。

文轩看了苏云晓半天，终于还是问出来：你们当时婚了吗？

苏云晓的声音空空洞洞：没有，没想到他还活着。

文轩问：嫁给我后悔了，是吗？

苏云晓答：不，你是好人。

文轩说：可是你从来没有真正爱过我。

这是苏云晓发现已死去的初恋龙少钦还活着之后文轩和苏文晓的对话，文轩不确定妻子是否后悔想要问个明白。这段对白用极简的话语道出了人物心中的纠结，即不敢问又想问的矛盾心理，在“你是好人”的回答中，观众已然心知肚明。

在《金婚》当中也不缺令人莞尔的表达，佟志与文丽两人跳舞的扭捏对白恰到好处。

文丽脸“刷”地红了，低下头，一副要走不走的样子。佟志感到有些尴尬。两人突然不说话了。舞台音乐声缭绕。文丽一脸矜持低着头。佟志鼓足了勇气，说：文老师，能请你跳舞吗?

文丽抬头看了眼佟志，突然笑了。

文丽和佟志终于恋爱了。他们进入热恋中的时候就到了夏季，离收获的秋季不远了。

编剧简单数笔勾勒出了人物怦然心动的一幕，又巧妙地预示了两人恋爱的开花结果。

还有一段文丽和佟志闹矛盾后去民政局办理离婚手续的戏，其中的对白是这样写的。

工作人员一边低头工作，一边问：材料都带齐了吗?

文丽机械地回答：在这儿。

工作人员问：哎，户口本儿呢?

她转脸问佟志：户口本你拿了吗?

佟志说：我怎么知道!

文丽急了，说：怎么什么事你都……

佟志瞪着文丽，文丽醒悟过来。

这段对白用词极简，观众听了却会心一笑，原来佟志是刻意不带户口本的，他根本不想跟文丽离婚。这段离婚的戏精妙之处也在于简洁，替代了常见桥段的争吵和依依惜别，简洁的语言把看似斩钉截铁地办离婚手续，内心却不情愿的心理写得惟妙惟肖。两人之间的情感也借由办离婚手续这段对白和盘托出，一出闹剧，却加深了两人的情感。

编剧用三言两语，用极为通俗的凡言俗语传神地描摹出了人物内心，却完全没有压低剧作的表现力和意蕴，反而使剧作具有了回味无穷的意味，人物的善良秉性和深埋心中的真实情感，在寥寥数语中，在人物想说又没有说出口的话中显露无遗。

2. 丰富的信息因素

对白最基本的作用应当同人物的动作一致，是人物希望和需求的一种外在表露。对白含带着人物的性格、人生观和价值观，表现出人物之间的复杂关系和人物的深层动机。所以，对白并不是随意的语言堆砌，它必须传达出依靠视觉信息无法表达的内容，与视觉内容形成互补或者呼应。

编剧应当惜字如金地运用对白传递极富张力的信息元素，这些特殊的信息内容又为推动情节发展，阐释人物内心世界提供了动因。精致的对白能够帮助观众推导出“事前的因”和“事后的果”，推进故事以独特的方式顺流而下。

如《金婚风雨情》第二集中舒曼和姐姐舒露的对话。

舒露站在宿舍窗口，感叹着：解放军这么威风的，现在是他们的天下，小曼，你这一步是对的。

舒曼道：不晓得你在讲什么。

舒露看着舒曼：你姐夫心高气傲，家里成分又高，在单位很不得意的，回家就拿我撒气。

舒曼脸红心跳地拽着姐姐：姐，他来了。

舒露审视着眼前威武的男人，淡然笑着：我们父母都不在，我和妹妹一直相依为命。

耿直认真点头：我知道。

舒露问：团长吗？

耿直答：副团级，还是营长。

舒露问：你几岁？

耿直答：二十八。

舒曼道：姐，你查户口啊！

舒露道：以后是一家人了，有些事情是要彼此知道的，耿营长，是吧？

耿直一听这话立刻咧开嘴乐，拼命点头，舒曼早羞得脸红。耿直走了，姐妹俩继续走着聊。

舒露正色：小妹我跟你讲哦，我和你姐夫境况你也晓得的，我一听说你和一个志愿军谈恋爱，我只百分之百支持你，虽然他没什么文化，有点不配你。

舒曼说：谁说他没文化，他有文化有思想。

舒露说：你不要学我，找个知识分子，肯定要过苦日子。

舒露走几步又回头盯着舒曼：爸爸的事儿你跟他讲了吗?

舒曼摇头：没来得及讲，也无所谓啦，恋爱结婚是两个人的事儿嘛。

在这一段姐妹俩的对话中，编剧提供的信息量非常大，信息也是耐人寻味的，既有人物层面的信息，又有情节信息。下面我们进行简要分析。

（1）人物信息

舒曼方面的信息。

①姐姐在上海，生活也不容易。

②父母皆亡，姐妹俩相依为命。

③姐姐和姐夫自由恋爱结婚，目前感情不复从前。

④姐夫工作不如意。

⑤妹妹是理想主义者，姐姐非常现实。

⑥舒曼对耿直爱慕有加。

耿直方面的信息。

①营级军官，前途大好。

②适婚年龄，背景清白。

③性格直爽，为人正直。

④对舒曼一往情深。

（2）情节信息

①舒曼心中对耿直已认定，悄悄地叫姐姐过来商讨，姐姐的到来标志着两人的关系走向了新的阶段。

②耿直对舒曼一往情深，迫切想要迎娶舒曼，这为后面即将出现的政治背景问题埋下伏笔。

③舒曼的家庭背景是一个巨大的悬念，预感将会对二人情感造成考验。

④耿直在军中前途大好，这为耿直放弃前途的遗憾埋下伏笔。

⑤耿直的文化修养受到质疑，为之后两人共同生活的磕绊埋下伏笔。

⑥姐姐的婚姻高调开头却并不幸福，为舒曼和耿直之后婚姻生活的波折埋下伏笔。

由上面的梳理我们可以看出，《金婚风雨情》故事的开端，人物信息和情节进展信息几乎都包含在了姐妹俩看似不经意的对话中。舒露和舒曼是相依为命的姐妹，可以说舒露既是姐姐又是家长，对舒曼的婚姻起着决定性作用。她的价值观，也在一定

程度上反映出那个年代大多数人的观念。耿直前途大好，舒曼的政治背景存疑，旁人可能并不看好耿直和舒曼在一起。剧作借用舒曼自然平实的话语，简单轻松地就把男女主人公的身前身后事都交代了出来，充分显示出剧作开篇布局的精致程度。

3. 语言的个性化

实现语言的准确和个性化，是每一个编剧面前最大的挑战，需要在动笔前把握好对不同人物和事物的描述。剧中如果有不乏平淡而又朗朗上口的经典话语绝对是点睛之笔，尤其是那些张口即来的话语，贴近生活又温暖感人。这种语言或简单，或复杂，形式和顺序都被安排得错落有致、得体大方，能够体现出创作者娴熟的创作技巧。

例如，《假如生活欺骗了你》中痴情的小娅对背叛了自己的黎阳说："这个世界上只有两个人相信你能成功的话，一个是你自己，另一个是我。"如此平淡却深情的对白出现在两人分手后，着实体现出小娅的为人和对黎阳的用情至深。对话同样能够以小见大，不仅隶属于剧中人物个体，也应能够融入剧中的社会群体；不仅是个人情绪的宣泄，推动事件进一步发展，更是整体意识的集中体现。

在塑造人物上，语言是最为显见的表达。万物皆可入戏，素材于创作者而言应当是有生命和灵性的。它们的生命在于动，需要用真诚的心去体会，捕捉对素材的感受。在对白中体味到的不仅是生活，还有从时间流淌中沉淀下来的人生真谛，或者说是人物活着的意义。

4. 语言中体现出落差

在《金婚风雨情》中，舒曼和耿直面对出身成分问题陷入两难境地，军长和舒曼的一段对话是这样写的。

军长循循善诱的口吻，像对待孩子：我知道这傻小子他喜欢美女，我必须承认你是个美女，但美女对一个军人并不是必不可少的，没有你，耿直照样是英雄，领兵打仗。对耿直来说什么是必不可少的？是他这身军装，是他在军队的前途。

舒曼说：这和我们结婚一点都不矛盾。

军长说：非常矛盾，你死我活，你出身资本家，你父亲在台湾，这叫反动！你晓得吧？解放军有规定，在职军官不能够跟你这种有反动问题的人结婚。

舒曼鼓起勇气：我认为这是不公平的，一个人的出身不能决定一个人的阶级立场，人反动不反动不能以成分来决定，我是要求进步的，我早就跟我父亲划清界限了，军长同志你可以问我们医院领导，我不反动，我是进步青年！

军长一点不急：小舒同志，你还是太幼稚了，我的话你没有听清楚，耿直不能跟你结婚，不是因为你反动，而是你出身反动，你可能有怨言，但你不能改变事实，事实是，耿直如果跟你结婚，他就要脱军装。

舒曼眼泪流下：是他让您找我的吗？军长继续：当然不是，耿直是一个重感情的人，他不想看你掉眼泪。你要设身处地替耿直想一想，万一，我是说万一，耿直一时心软，跟你结婚，他就要转业，你可能不知道，他是我们团最年轻的少校，军里早就决定，军校毕业就提他为师参谋长，然后接他们师长班，我可以告诉你，我很欣赏他！他是要接我班当将军的！跟你结婚，他一生命运都要改变！

军长说着有点激动：你晓得我们培养一个校级军官要付出多少代价？你肯定不晓得，一个工人做工一百年，一个农民种地二百年，浪费啊！列宁同志说，浪费就是犯罪，你想犯罪吗？舒曼傻掉，哽咽着：我该怎么做？

军长一笑：我一看你，就晓得，你是个聪明姑娘，你会做出明智决定的！

舒曼呆立着，泪如雨下。

这段对话极具风格。两人之间的对话观点明确，针锋相对，军长的语言，用心良苦又幽默风趣，恰到好处地表现出军长对于耿直的爱护。舒曼的据理力争显示出不对命运低头的倔强，这场戏又以舒曼默默流泪结束，激烈之后的宁静更显悲哀。

《金婚风雨情》当中，耿直和舒曼两人相爱后，耿直和好友楚建的两句激烈的对白极具看点，内容如下。

耿直盯住楚建，楚建反盯住耿直：这是你唯一的机会！我最后劝你一次，趁着生米没煮成熟饭！

耿直悲壮道：老伙计，你最了解我，脱这身军装是要我命，可这老婆，是我的，这米早就熬成粥了。我不能离开她。

耿直和楚建的交情一目了然，楚建设身处地地为对方着想。耿直态度的坚决不单通过人物的语态表现了出来，话语的内容更是令人动容，不仅揭示舒曼和耿直的恋爱进展，还用幽默的比拟暗示出耿直的选择。

我们再看下面这段对白。

耿直愣着。然后转过身，要走，楚建一把拽住：军长真是为你好，你做不了决定，军长替你做，你在军长心里地位怎么样你还不明白吗？小子，别再找舒曼，忘了她，你当师长我当政委，我们好好干！

耿直一把拽过楚建：我得见她，她现在肯定很痛苦。

楚建：你不要见她，你见不得女人哭！你让她痛吧，长痛不如短痛，痛过去，她会想开，她年轻，条件那么好，没必要在你这棵树上吊死！

耿直猛地甩开手，楚建死不松手：你现在脑子糊涂着，你睡一觉，你脑子清醒了你再做决定！

耿直瞪着楚建：我睡得着吗？

楚建：你不要去见她。

耿直：我怎么可能不见她？

楚建：你现在见她，要后悔的。

耿直：现在不见她，也要后悔的。

楚建：我一点也不嫉妒你找这大美人了，我可怜死你了。

舒曼和耿直在街上遇见，看见彼此，都不敢往前走一步，还是耿直先走，他努力做出微笑，笑得比哭还难看，舒曼呆呆地，看着耿直一步一步走近自己。

这是一处具有落差的场景，耿直和楚建谈论时的激烈，耿直和舒曼遇见时的无言，一动一静间，两人情感的深刻一目了然，并且充分体现了主人公内心的苦楚。

《金婚》中整部剧的开场就是素不相识的男女主人公在吵架。文丽被梅梅带着大闹大庄的婚礼一幕是这样写的。

回过神来的佟志埋怨说：好端端的婚礼，都被神经病给搅了，那是姑娘家家做的事吗？

文丽看了眼佟志，目光中带着一些厌恶，说：你这是说什么话呢。他和我表妹谈恋爱，却和别的女人结婚，这道德吗？

佟志这时仔细看了文丽一眼，突然他的眼神有点飘，这姑娘挺漂亮的。佟志说话有点语无伦次了：他们订婚都十二年了，你表妹插进一脚，庄嫂怎么办？

文丽一副恍然大悟的样子说：他们俩是娃娃亲，难怪啊，恩格斯说没有爱情的婚姻是不道德的，大庄十四岁就订婚了，这不就是旧社会父母包办婚姻吗？这是应该受到批判的。我有些理解庄同志和我表妹了。

在佟志发呆中，文丽已经出去了。

真可谓不打不相识，两人在吵闹中相识，人的秉性一目了然。

在两人结婚后的最初几年，小两口经常吵架，这种吵架更像是生活的调剂和两人最初的磨合，甚至带有打情骂俏的意味，底色大抵是甜蜜和温馨的，生活没有大的矛盾冲突。剧中有一段冲突性对话，文丽一口气把鸡毛蒜皮的事情拿出来说了个遍。

文丽一下子扑到佟志身上，喊：你毛病少啊，你呼噜跟打雷一样，吵得我天天晚上都失眠。脚那么臭，臭袜子能熏死一头大象，吃饭吧嗒嘴，也不好好穿鞋，老踩鞋帮子，说你多少回了你都不改。还有你说戒烟，信誓旦旦的，结果你老偷偷抽。还不爱刷牙，不洗脚，还骗我说爱看小说，你结婚以后看过一篇小说吗？根本就是欺骗，和大庄一样，大骗子。

两人结婚这段，编剧写得又热闹又好笑，别有一番景象。

文母不晓得文丽是恐惧和佟志睡觉，就和文丽说着闲话。

佟志低着头进来，也不坐下，冲着文丽使个眼色，说：挺晚了，咱回家吧？

文丽一听此言，立刻拽住文母的胳膊，说：不，我要住在家里。

文丽像受了惊吓一样，死死拽住文母的胳膊，头埋进母亲怀里。

文母意识到什么不对，看佟志。佟志掉过了脸。

文母一笑说：那就在这儿凑合一晚上吧。

两个人又开始了昨晚没完成的游戏。

文母说：这传宗接代的事你怎么不懂呢？结婚前妈就想跟你叨咕叨咕，可怎么跟你说都听不懂，现在懂了吧？

文秀说：你可真够傻的，得了，我告诉你吧，有你乐的了。

文秀的法术起了作用，文丽和佟志连夜回了筒子楼自己的家，用文秀的话说，他们连一秒钟都不想在咱家待了。

这段描述中小两口又吵又闹，惊动了娘家人，但吵闹大抵是温馨和甜蜜的。燕妮出生时赶上了大饥荒，一家人吃不饱饭，一碗米饭推来让去间变成了馊饭，随之而来的吵闹更显出了关爱和深情，远比寻常的言语关怀来得真切和动人。

中年时期两人吵架的味道又发生了改变，硝烟四起，家庭矛盾不断，还有婚外情火上浇油。男女主人公分别经历着人生重大变化，两人的情感岌岌可危。到了两人的晚年时期，家庭接连发生重大变故，小儿子出车祸死亡，女儿发生各种人生波折，老两口的争执大多围绕孩子产生，到了这个阶段，争吵不过是一种商量问题的方式罢了，两人在争吵中感情越发浓厚。

对于即将举行金婚典礼的两人，王宛平有这样一段描述。

在多多和狗子的事确定之后，佟志和文丽因为找小保姆的事吵了架，吵大了就分居了。和好的时候，2005 年 12 月就快过去了，2006 年 1 月快到了。

编剧把争吵写出了新意，成为不同人生阶段的坐标。此外，在两人争吵的时间轴上，有因婚外情争吵，有因子女的教育问题争吵，有因两代人的价值观念冲突争吵，各色人等在剧中也展现了不同的性格，推动了情节的发展。正值更年期的文丽情绪经常失控，对佟志连打带骂，过后内疚地对丈夫说“我是不是又犯病了”，佟志无奈又怜惜地说“没事，都习惯了”，如此看出两人过日子，风风雨雨总关情。

值得注意的是，创作者笔下人物吵架，每人似乎都占理，却又不是无可挑剔。一路打打闹闹却一直不乏看点和耐人寻味的意味。众多的声音构成了巴赫金提出的“多声部”，体现了深刻的人道主义精神。

赵孝思曾讲：“因为人物一系列并不连贯的事件，彼此并无必然的因果联系，看似松散、纷沓，但是一旦抓住了人物心理变化这一情节线索，这些看似松散的内容就有了明确的叙事内涵和指向。”

5. 对白中体现作者的观点

杨蔼琪曾言：“艺术非但不逃避丑恶，有时还被迫把丑恶表现得淋漓尽致，但最终不是为了表现丑恶，而是为了表现真善美，为了使真善美在反衬中显得更加耀目，或更具有悲剧性也就是更为深刻动人。”对于《纸醉金迷》中的主人公那样的人物，编剧是无法用道德的枷锁捆绑的，隐隐地总能体察到一些宽容和体谅，编剧俯下身来讲述人物无奈的人生，因此观众也能被极度憎恶的人物深深打动。其中有一处是这样描写田佩芝的。

魏端本这时带了两个孩子也走向前，对太太点了头道：佩芝，你跑什么？我也不能绑你的票啊！我穷了，你阔了，我并不要你再跟我。不过孩子总是你生的。母子见了面，说两句话有什么要紧呢？

田佩芝一看，围绕着山坡上下，总有上百来人看热闹。魏端本那一身穷相，和自己对比着，实在不像样子，便顿了脚道：你好狠的心。你骗了我到这地方来，公然侮辱我。你还要怎么样？

说着哭了起来。

陶太太由人群中挤着向前，扯着她说：田小姐，不要在这里闹，到我家去谈吧。

两个孩子都哭着要妈。魏端本一手扯住一个，叹了气道：孩子，你还要她干什么？她早就把我们当叫花子了。

田佩芝走的是上坡路，群集了好些看热闹的人，就把她的行踪看得清清楚楚。她走着路，不时掀起花绸长衫的衣襟，看是否让刚才孩子的脏手上了一块黑斑，至于这里自己那两个孩子叫妈，她并不回头望一下。

周边有人动了不平之火，骂道：这个女人，好狠的心。

作品中对白的精彩性同样来源于作者观点的嵌入。最明显的，生活中的困境伴随着每一个人物的生活，它包含了生存的困境、人际关系的困境、事业的困境和婚恋的困境等，对人物的处置体现了创作者的理念。

思考与练习

1. 尝试创作一部短片剧本，注意当中的人物对白。

2. 选取一部你熟悉的对白较多的作品，反复观看，分析一下其中的对白，哪些很精彩，为什么？哪些可以再提升，你认为怎样修改，为什么这么做？

第九章

改编入门

创作者除了原创故事，还可以改编其他已经成形的艺术作品。所谓改编，就是把小说、话剧、歌剧、报告文学等文艺作品，改写成剧本，也就是把其他种类的艺术作品改编成视听作品。我们常常从报章杂志上，或者其他艺术作品中看到好的题材，在此基础上的改编创作需要加以规范，才能创作出好的剧本。

有些人把改编看得很容易，认为原作已经有了很好的主题，很好的情节和结构，所以改编只不过是用电影的手法把它改写一遍而已；也有人把改编看得很困难，特别是改编有一定知名度的作品，认为吃力不讨好。

改编以一定的依托作为基础，这种依托或是情节本身，或是人物家喻户晓，或是作品本身的知名度，也或许只是一个背景或是一个由头。

一、改编中的注意事项

并不是所有的文学作品都适合改编。大致上，一部文学作品（小说、叙事诗、报告文学等）改编成影视剧本需要满足三方面的条件：首先，要有好的思想内容，作品对广大观众有教育意义，这是先决条件；其次，影视剧不同于小说、诗歌、散文，要有比较紧凑的情节，要有一个比较完整的故事，如果作品缺乏这个条件，改编起来就很花力气，常见的如游记、散文之类，也许可以改编成纪录片，但要改为故事片的话，就比较困难；最后，要有几个（至少一个）性格鲜明、有个人魅力的人物。这三个条件是缺一不可的。好的内容是灵魂，这当然最重要；然后，是人物性格，如果只有情节而无人物，那么充其量也只能改编成一部 “情节戏”，不仅容易概念化，而且不能打动观众。

1. 改编中对于原始素材的处理

对于原著中生活化的场景和人物的言行举止，创作者需要进行典型化处理，使之来源于生活又高于生活，具有世俗生活的价值和意义。依据文学作品改编的剧作当中的“世俗化”是对社会生活的再现，作为人物环境的构成要素，具有典型意义。这种氛围有时用于表现特定时期的一种社会环境。

有些创作者在改编的过程中为了满足市场要求，满足受众的观赏需求，扩充了一些情节，突出了生活中的某些特别的世俗性，例如增加一些情爱和暴力情节等，这种强化的世俗生活对于改编本身是一种伤害。

2. 视听化处理文学作品中的人物以及语言或情感表达

通常来说，影视剧当中塑造出的人物是具体而形象的，而文学作品中塑造出的形象是抽象和间接的，一千个读者心目中会出现一千个不同的哈姆雷特。

改编时必须通过对周围环境的设计和情节的编排对人物的内心进行展现，这实际上越过了观众内心形象塑造的过程，由此，怎样才能增加观众对故事的共鸣是电影改编过程中需要重点研究的。

在将文学作品改编成影视剧的过程中，改编出来的人物形象要能够与原著中的形象相符，并且能够被观众接受。另外，为更好地将文学作品中的人物形象转移到电影中，还需要依赖化妆技术以及服装设计，以增强代入感。因此，创作者还需要具备一定的服装、道具、化妆知识。

改编人物，还需要对人物的言行举止进行相应的视听化处理。一般来说，都会采取白描的方式展现人物形象， 使人物形象变得更加丰满，使其内心世界变得可视化。在进行转换的过程中，无法保证能完全展现，二者之间可能存在一些出入，这是因为在进行转化过程中需要考虑到影视表现方面的特殊要求。

我们将文学作品改编成影视作品时，需要注意场景中的对话、背景音乐以及穿插音效，影视剧需要更直观化、生活化。要选择适合用影像呈现的“世界”。在将文学作品改编成影视剧的过程中，可以利用音响的效果对需要表达的意思进行更深层次的诠释。科学合理地利用音效的作用，不仅能够更好地还原文学作品中所表达的艺术气氛，还能够形成特别的艺术风格。

3. 原著篇幅带来的改编难题

有一个客观原因就是长篇小说动辄数百万字的体量给改编带来了很大难度。改编需要重新架构小说的故事主线，对人物进行删减和重塑。在选择改编的素材时，那些篇幅不长，但戏剧冲突明显，人物性格鲜明的文学作品往往是好的素材来源。

对电视剧《长街行》原著的改编，在世俗化、人性化上的改编较为成功，编剧在原著的基础上进行了创新，在原著人物基本性格和人物关系的基础上形成了一个环形

的人物关系，从不同的角度向观众展现了一个有血有肉的世俗化人性化的女性形象。人物与人物之间的关系处理得较为自然，既保留了原著的时代感，也没有失去作为影视剧的吸引力。

由此看来，依据文学作品改编影视剧，不仅仅是简单的增添和删减，更重要的是，在原作的基础上增加作品的美学内涵和现实意义，因此，对作品的改编要取舍有度，适当创新，充分考虑到市场需求和艺术需求。

4. 改编后的艺术性和思想性问题

一般来说，文学作品作为素材，艺术水平较高，在改编的过程中需要保留一定的艺术水准，否则改编剧就不如原著质量高。

例如，热门电视剧《知否知否应是绿肥红瘦》是根据网络作家关心则乱的同名小说改编而成的，播出后收视率取得不凡成绩，但对话部分不够精致，甚至主流媒体发文报道，原著语言水准较高，改编后的电视剧中的对话却频繁出现病句，如“你以后独个儿一个人”“手上的掌上明珠”“就听过一些耳闻”“款待不周”“恃宠不骄”“是金枝玉叶养大的”等，让人啼笑皆非。这不仅拉低了影视剧改编的艺术水准，也暴露了演员、编剧的文化素养。

文学的市场化要求与时代性特点也要求当代的影视艺术创作者准确把握时代热点话题，聚焦当下社会主流价值观、民众心理，创作出引发观众思考的优秀作品。

5. 考虑与原著的关系

改编文学作品是否能“忠实原著”是一个引起广泛关注的问题，一方面是基于对作者的尊重，改编要尽可能忠实于原著；另一方面，在改编的过程中，也要克服原著作者设定的某些既定模式。在这一过程中，有时候合理的再创作会伤害原著的思想和艺术形式。有些创作者认为，改编也是一种创造性的劳动，也是相当艰苦的劳动，它的工作不单单是将一种艺术形式改编成另一种艺术形式，还要考虑尽可能忠于原著，甚至要比原著有所提高和丰富，力求改编之后拍成的影视剧比原著更受广大群众欢迎。

要把一种艺术样式改写成另一种艺术样式，还要考虑不伤害原著的主题思想，更多的是需要通过动作和形象来实现，使改编后的作品主要通过形象和视觉的形式表现内容。改编是针对文本再创造的过程，百分之百忠于原著是不存在的，在实践上也是行不通的，改编者与原作者处于完全不同的历史背景和文化环境中，他们拥有的客观条件完全不同，会出现两种不同的思维。

另外，改编过程中还要考虑到没有看过原著的剧粉的需求。

如《斗破苍穹》里实力强劲的女主人公被改编成了“傻白甜”，《黄金瞳》中，本是和男主庄睿相伴而行的女主秦萱冰被改编成了与男主对立的女配。影视剧改编的成败与原著读者的看法息息相关，因为他们是影视剧收视的最大潜在保障，应该引起改编者的重视。总之，在对文学作品进行改编的时候，需要仔细研读原著，在原著的基础上进行创新。

二、依据文学名著进行的改编

从古至今，文学都是一种广为流传的艺术表现形式，并且在整个文学领域存在许多经典文学著作，形式种类和故事内容也丰富多彩，这是其他任意一种艺术形式都无法与其相提并论的原因。所以，文学作品给电影供给了丰富的创作素材，例如，1902年的《月球旅行记》，就是一部非常成功的由文学作品改编成的电影，并且是世界上第一部由文学作品改编成的电影。

这些文学名著，大多积累了几代读者，投资风险小，受众面广泛，读者的认知度高，参与度也高。因为观众对于“视觉化呈现”的认知度和期待，影视剧创作团队在后期宣传层面上就可以节省很多费用，往往直接收获较高的收视率和经济效益。在商业价值的驱动下，很多改编者争相改编文学名著。

文学的要素之一语言，不仅指语言本身，还指代运用语言来创造经典和性格，借助语言来反映时间、自然景象以及思维的一个过程，由此我们可以看出，文字符号在叙事过程中不仅会让人印象深刻，同时具备较高的审美价值。而影视剧作为一种与文学不同的艺术类型，随着电影电视行业的发展，与文学之间的融合度越来越高。

从叙事层面来研究，文学叙事和影视剧叙事是两种叙事形式，文学在叙事过程中就已经将文本时间和故事时间的概念展现出来，简单来说，这两种时间就是作者在进行叙事时向读者展现出来的时间状态和文本的秩序以及叙事过程中故事发生的顺序，也就是整个文学作品中前因后果的关系。而影视剧中的叙事，观众无法进行自主选择，由创作者选择固定的环境以及内容，观众只能被动地接受影视剧表达的内容。

读者自身需要具备相当程度的文字赏析能力，不同种类和不同深度以及不同文化水平的文学作品，其面向读者隐藏的要求也各不相同，更不用说一些外国文学名著，

阅读这些作品更需要读者拥有一定程度的文字理解能力，否则对文学作品内容的含义和深层内涵无法理解。而影视剧相较于文学作品来说，其优势在于它自身拥有的这种视听艺术的表现方式使观众只要能够正常看懂和听懂，就能够轻松理解其表现的内容的含义。

三、依据网络文学进行的改编

网络文学类型与题材多样，为影视剧提供了可供改编的丰富素材。改编之后，原本的艺术形式、审美风格、消费方式会发生相应变化，如蒋胜男的小说《芈月传》，小说与电视剧虽然都在讲述秦宣太后的一生，但后者将楚王改成了芈商，宫廷婚嫁被渲染成选秀，争夺皇太后地位，情节性增强，更具有可视性，但与历史事件的距离较远，也少了原作对历史的沉思与追忆。这是因为影视作为大众艺术，不同于小说的“小范围”和抽象风格，为迎合大众口味，获得商业利益，影视剧更注重对“当下”的表现，更加通俗、大众化，更能贴合观众的审美需求和消费诉求。正如西格尔所言：“一本畅销书的读者可达百万，如果是最畅销的书则可达四五百万。一出成功的百老汇舞台剧可有一百到八百万观众。但是如果一部电影只有五百万观众，则被看作失败之作。如果一部电视剧只有一千万观众，它就要被停播。”[1]影视作品特别是电视剧与网络剧的传播力是传统文字媒介无法比拟的。

《失恋 33 天》围绕职场、爱情、友情以北京三里屯这个极具商业性的地域作为现实背景展开情节叙述；《杜拉拉升职记》讲述一个初入职场的年轻女性在北京东三环国贸 CBD 商业区如何奋斗进取的故事；《何以笙箫默》的后半段则选取了极具现代都市气息的上海凌空搜狐大厦作为背景来讲述职场与爱情；电影《搜索》则穿插让座、人肉搜索等热门话题，并以此反思数字化时代网络技术对人的生活、生存的影响……这些故事里的年轻人每天都穿梭于时尚奢华的都市空间，出入标志性的都市建筑和灯红酒绿的娱乐场所，但繁华背后是她们在城市中的奔波忙碌与孤独茫然。这些现实景观使观众易于形成感性上的认同，以一种相似的姿态和心理完成共鸣和移情，并进行理性思考，从而这些影视剧更具现实性和人文关怀。

[1] 西格尔 . 影视艺术改编教程 [J]. 世界文学 , 1996（1）： 204.

四、改编与独特审美的形成

对于改编作品有诸多的考虑要素，我们学习改编应当建立在精读原著的基础之上，分析对比改编作品和原著作品的异同。

对于改编来讲，还有很多需要注意的事项，我们在后续课程的系统学习中将继续学习和完善，作为入门阶段的学习，同学们要学会在改编中进行再创作，使改编作品出于原著，而高于原著。对于一些质量较高的改编作品，我们要注意学习和借鉴，切忌闭门造车。

编剧要善于在芸芸众生中寻找那一抹不同的亮色，在凝练原著精华的基础上继续展现那个特定时代的悲与美、力与美、奇与美，使得呈现于荧屏的众多人物性格多彩多姿且丰盈充实，在情节纵横发展的交结点上更好地实现主题的升华，使情感回旋，矛盾陡起，悬念丛生。我们以王宛平的改编剧为例，初步探讨一下改编与独特审美的形成。

（一）“新”与“守”

尽管我们不能将所有的“坚守”都放置在一个维度上来解读，但是“坚守”无疑意味着对特定文化精神的信奉与敬守。“不论什么性格的人物，想要深入刻画其思想言行的内部本质，往往离不开对其生活环境的深入考察。”[1]改编剧的立项，足以说明原著的锋芒不容小觑，这也使再创作有了一定“支点”，王宛平注重保护原著的“灵魂”，在原本的环境中深挖人物秉性。

“纵观这些坏女人形象，不难发现，她们疯狂的欲望追求总是离不开男人，且几乎都以悲剧收场。她们的种种努力，都是为他人作嫁衣，归根结底，她们只是男人可怜的附庸，男权制度下的弱者。”[2]《纸醉金迷》的原著小说具有极高的文学性和可读性，语言通俗又巧妙，字里行间讽刺了诸多国人毛病，改编的难度显而易见。王宛平捕捉其中无法具象化的存在，守住那份“意蕴”，加以可视化创作。她将人物塑造得传神又独特，让那些原先只流于纸面的人物真正“活”了起来。女主人公田佩芝的性格特征鲜明，王宛平执笔了最后十集，原先那个可恨的女人田佩芝，到王宛平笔下具有了可悲可叹的多重调性，具有了历史和时代牺牲品的余韵。原作中的田佩芝是一个

[1] 刘晔原．电视剧艺术论 [M]. 北京：北京大学出版社，1995：68.

[2] 沈奕斐．被建构的女性 [M]. 上海：上海人民出版社，2007：371.

连自己的孩子抱她都嫌弃孩子的手弄脏她衣服的被人称作“不配做母亲”的人。王宛平痛心于这个结局，痛心于田佩芝这个人物，痛心于两个孩子与田佩芝的丈夫魏端本，即便分离成为定数，即便田佩芝已无可救药，王宛平仍然怀着救赎之念，她为田佩芝可悲的人生奉上了一口棺材，让她在悔恨羞愧中自我了结，替代了原先田佩芝继续过着浑浑噩噩人生的结局。“在男权社会下，女人的服从是被迫的，因而她们必然要反抗，只是囿于自身的不利条件，她们只能采取一种扭曲的形式，而扭曲的反抗只能借助于人性的恶。换句话说，坏女人的坏劲儿，实质上是男权社会逼迫出来的。”[1]

此处，王宛平没有试图让她在歧途中行尸走肉般地存活，田佩芝的死远比她无心地活更有意蕴。最终观众相信，田佩芝这样的女人还是善良的，只是被环境扭曲了人性，才成了不配为人妻、不配为人母的坏女人。王宛平精心雕琢了最后十集，最终呈现出的内容与小说气质相同但又增添了新的余韵，不仅在当时引起轰动，更是被后人奉为改编的典范。

影视剧的改编，如何使人物既得体地存在于原著的环境土壤中，又有别具一格的人物关系和细节一直是困扰编剧的难题。如一味追求离奇，则会打破平实的叙事语调，割裂与之相维系的其他人物关系，失掉原著中本来的格调和布局。但若一味循规蹈矩，把人物关系囚禁于窠臼，那么人物的美学品格势必降低。王宛平的改编使得原著中“纠葛”的呈现夯实有力，个体间的冲突和人物内心的挣扎通过细节达到妥帖交融，体现出难得的叙事自觉和创新意识。

王宛平对于原著中人性的传达，在尽力做到“守”的基础上，尽力延展出了“新”。“只要不违背人物性格，不违背历史环境，不违背人物关系，适当的人物加工与虚构是必要的。”[2]

电视剧《幸福像花儿一样》是王宛平根据张恨水小说中的一个章节改编而成的。原作中的篇幅并不长，主人公杜鹃和白杨等人的个性过于扁平化，性格描述还未展开，只是描写了两三件事情和故事发生的大环境。王宛平赋予了剧中人物灵性和主动性，使得人物贴近现实又都有可亲可敬之处，同时，在人物自身的矛盾性中凸显人物秉性和人物之间的情感，赋予了人物难能可贵的真情真意。王宛平创作的结局总是让人回味无穷，同时又充满了善的感召。

---

[1] 张岚．本土视域下的百年中国女性文学 [M]. 北京：中国社会科学出版社，2007：18.

[2] 刘一兵，张民．虚构的自由：电影剧作本体论 [M]. 北京：中国电影出版社，2002：125.

电视剧《曼谷雨季》是王宛平的第一部编剧作品，改编自张欣的《浮士德》。无论欣赏原著还是电视剧，观众总能从中看到自己的影子，而后都会产生一种漠然的惆怅，曾经的绚丽多彩，最终都归于平淡真实。原著的结尾是一个十足圆满的结局，她改编之后结尾生发出了新的动力和希望，在圆满之余有了新的韵味和嚼头。这也不乏一个充满建树的结局，这部剧的改编使得原著的情节显出更多张力，人物的境遇和选择少了离奇却多了无奈和哀怜，剧中人物的善与恶在原有纠葛的基础上，不再简单与绝对，人物的命运曲折离奇却又更加合情合理。

王宛平坦言，改编看似有依托实则不好着手，所选择的原著的主题大多是对一定社会背景的揭示，对人性狭隘脆弱的捕捉，改编起来容易囿于特定的人物境况，对于人性的揭示需要跳出类型剧中片面的崇高美或是假恶丑，进一步通过视觉和听觉引导观众判断和解读。既要“继承”，又要“发展”，是改编中需要权衡的最大问题。

（二）“废”与“立”

王宛平的改编不仅仅去掉了原著的文学性，更是一次呕心沥血的重新创作。小说通过文字讲述故事，可以对人物的心理进行描述，影视剧却只能借助旁白、闪回、他人讲述的方式进行表达，在一定程度上需要改编者靠视听手段建立起新的叙事体系。改编不是乱写，戏说也不能胡说。文学作品的影视改编一直是一件“受累不讨好”的事情，新观点不容易被观众接受，改编难度很大。如果删改过多，会影响原有读者的观感，如果仅是小说的影视化改写，则变成了压缩饼干，少了美感和妙处。

即便如此，对于改编，王宛平丝毫没有利用原著已提供的素材取巧。她在改编中，对描摹人物的情节进行了梳理，有些剧作几乎没有用到原著的事件，只选取了其中的故事背景和人物关系，巧妙搭建起叙事构架。原著中人物都是出于市井，却也是独一无二的，他们的人生绚丽夺目亦平凡普通。王宛平善于捕捉人物动作与神态中的细节，描摹出“大时代”中“某些人”的人生，又善于通过人物典型把人物确立下来，人物塑造得精练传神。正如刘熙载所说：“有尺寸，有斤两，有剪裁，有位置，有精神。”[1]改编剧作中的人物贵在折射人性，人性光辉是人物永远不会过时的神韵。判断一部改编作品人物塑造的品质，往往以其阐释人性的深度作为重要标准。王宛平的剧作中充

[1] 刘熙载．艺概 [M]. 上海：上海古籍出版社，1978：48.

满了生存关爱和价值引导，人物塑造从真挚的情感出发，不乏人间大爱的温度与风度。

《幸福像花儿一样》中出现的辅助人物林彬可谓杜鹃和白杨婚姻中的“男版小三”，王宛平写了类型剧中传统的情感危机桥段，却摒除了原作中的是非论断，代之以深刻的理解和同情，成功挑起了白杨的醋意。王宛平对杜鹃的人物建构增设了新的维度，杜鹃与白杨的婚姻再度起波澜。王宛平表达的爱情深邃美好，林彬为了心爱之人的幸福选择远离，体现了何等高贵的精神诉求。这样一种超越的审美态势，引发观众超乎寻常的赞同和忧伤，使观众产生对情感困境的感慨，使人性在终极叩问中闪光。

王宛平在改编中注意对“落差型”婚姻投以理性观照，着意于心理层面的“门当户对”。看似荒谬的剧情，其实颇具深意，王宛平以戏谑的方式写出悲哀，在真情可贵中反映时代之殇，又在人性的光辉中回归恋爱婚姻的本真面貌。王宛平改编的剧作结局都与原著差别较大，较少开放式结局，人物故事尘埃落定，观者不觉发出真情慨叹。大多数的改编者在经典文学作品的宏大叙事面前愁眉不展，王宛平选择作品则非常在意这份“宏大”，经她改编后的人物在原著的时代基调上，展现出更加明亮欢快的人生。

王宛平通过情节创设出人物命运的圆满，是她对人物本质属性的还原和对阶层观念瓦解的理想建构。王宛平在创作人物形象时，在力求突破的同时，不忘真善美的价值引导。拜伦曾说：“男人的爱情是男人生命的一部分，是女人生命的整个存在。”[1]黑格尔也说：“女子把全部的精神生活和现实生活都集中在爱情里和推广成为爱情。”[2]王宛平认为，爱情和家庭是女性最向往的人间天堂。作品中的爱情、亲情、友情等最终都被温暖坚守，摒弃哗众取宠的俗套，也抛弃了自我个性的宣扬，一切从剧情和人物命运出发，表达出希望和美好。正是生活的波折给予了爱情极致的考验，正是长久的离别证实了真情的可贵，不得不说这是一种全新的唯美主义创作风格。故事里的“生命”，来源于人物的“生气”，剧中人物奇而不神，土而不俗。

（三）“繁”与“简”

王宛平改编的剧作，每一个场景皆留有精心设计的痕迹，既有整体的恢宏，又有细节的精致。学者张育华曾在论述中提道：“细节不仅是人物心境、性情、灵魂的载体，

---

[1]　沈敬国，王依军．情爱婚姻论 [M]. 广州：广州文化出版社，1988：214.

[2]　黑格尔．美学 [M]. 北京：商务印书馆，1982：327.

也是人物之间的物化扭结。通过细节，人物之间的关系可由远而近、由浅而深。”[1] 王宛平在创作中不吝于字句，却也惜墨如金，语言凝练，场景设置极为注重细节，能够在保持原作鲜明人物性格的基础上，创作出别致的复调式的人物关系，展现出卓越的美学架构能力。真挚源于真诚，王宛平剧作中的人物布局超越了原著，从点滴中体现出风风雨雨总关情的大格局。

复调式人物设计巧在把性格中的缺点牢牢禁锢在人物基调之上，撒胡椒面似的缺点设置使得人物可信、可爱，从而更加丰满，这实乃人物塑形的大手笔，充满了人性的观照。人物建构的立体氛围，悲喜交加的剧情，主人公既敏感柔弱又坚不可摧，不同维度的打磨精准巧妙，使得原著中创设的世界更加具有可视性，既有精英文化的美学风范，又有民间通俗文化的亲和面貌。

对于剧中人物，王宛平赋予了他们多维性格。例如《幸福像花儿一样》中的杜鹃，原剧中只提到她是舞蹈演员，其他没有详细描述。经过王宛平再创作后的杜鹃向往浪漫生活的同时，在婚姻中又充满了保守，于是在嫁给白杨之后生活中充满了与白杨及其家庭的矛盾，体现出人物性格的复调性。她既温柔善良，关键时刻对林彬挺身相救，又挑剔尖刻任性，让白杨为难；她既独立，做事雷厉风行，工作中尽心尽力，同时又充满依赖，渴望纯粹的情感。这一系列的设计蕴含着难得的叙事智慧和人物塑造的别具匠心，王宛平将看似矛盾的性格组合落实在写实与情感之间，人物的暗调部分凸显杜鹃的善良，在升格和降格之间，观众对杜鹃的部分质疑便抵消了，人物变得可亲可爱。

王宛平笔下人物形象之间的二元对立被人物内质的复杂性拉平。作为类反面人物的身边人，与主人公等类正面人物不再泾渭分明，陪衬和支撑式的人物独自开启了一段关于“人性”的解析和多元化之路。虽是对老老小小一大家子人进行描绘，王宛平却将生活中的困惑和矛盾，聚焦到小环境，通过对小事的大处理，描绘出属于特定年代的人间万象。

寻着这条线，《长街行》中许飞红的人物设置便更带有对冲式的复调性，不同于原著中目的性较强的女性形象，她作为冯令丁的钦慕者，勇敢坚强却同样温情豁达，在冯家少爷与他人订婚后仍旧从心里送上祝福。许飞红的理想总是那么斑斓，等待她的却总是斑驳与不堪，她骨子里散发出内敛又不乏倔强的特质，接足了地气。她与路

[1] 张育华．电视剧叙事话语 [M]. 北京：中国广播电视出版社，2006：191.

马年的生活有波折却也平实安稳，两人一起成就了一番事业，乐善好施的小人物也渐渐登上大雅之堂，剧中人物在“本我”与“超我”中呼唤良知，最终收获了事业和爱情，王宛平的改编更显出温润的特质。“山不在高，有仙则名；水不在深，有龙则灵；人物的着墨不在多寡，有魂则灵。”[1]她笔下的人物就不缺这种灵性。

正是许飞红的情感操守，人格恪守，信仰坚守，维系了全剧的亲情、爱情、友情。这样轴心式的人物又不乏“轴”的内在情感，苦苦等待心上人。王宛平深谙小说中人物“不确定性”的特点，改编时对许飞红的人物设计和叙事留足了空间。主人公的情爱世界与亲情世界互相交织弥合，谱写出了难能可贵的人间大爱。这个人物的审美张力，表现为人物状态和情节等层面的抗衡、照应与相辅相成，呈现出人性揭示和主题映射方面更加饱满的复合力量。

王宛平把柴米油盐的普通生活写得惟妙惟肖，充满了对人情世事深刻洞察的智慧。在人物设置上，王宛平试图让观众脱离浅显的道德评价标准而从审美情感层面去体会剧作，由此观众对剧中人物产生“移情”，欲罢不能。

《幸福像花儿一样》中，杜鹃性格系统的建构，颇像剧中另一个重要人物——大梅。这个美丽的姑娘充满了市井烟火气，有些功利，但善良自尊有骨气，巴望着飞上枝头当凤凰。作为夫家的“夹心层”，起初她既不得不遵从婆婆，又受制于丈夫，外边看似风光，内里却低声下气地过日子。作为女主角杜鹃挚友的大梅，一直是直来直去地掏心窝子地对待杜鹃，她既执拗，又通达；既明辨是非，又轻信偏听；既热情，又冷峻。她是王宛平改编的非核心人物，出人意料地也成了极具争议性的人物。非核心人物大多出场时疑似“贴片人”，但随着剧情的深入，也显现出颇浓的美学意蕴。对各类人物的设计可说是王宛平创建改编题材剧作人物的一次美学探路。

王宛平改编时对辅助人物的拿捏可谓“增之一分则太肥，减之一分则太瘦”[2]。王宛平笔下的辅助人物大多在原著中并不存在，体现出她上乘的人物架构能力。非核心人物展现出清晰的命运走向，折射出清晰的“小时代”的镜像。王宛平用充满善良和正义的笔触刻画小人物的生存状态，其间满含对人性弱点的体察和包容。

---

[1] 张育华．电视剧叙事话语 [M]. 北京：中国广播电视出版社，2006：158.

[2] 陈宏天，赵福海，陈复兴．昭明文选 [M]. 长春：吉林文艺出版社，2000：17.

思考与练习

1. 从主题定位、人物设置及故事情节方面的变化着手分析一部短篇剧作。

2. 从你最近看过的影视剧入手，试试找到它的原著或者其他艺术来源，按照我们学习过的思路尝试进行比较分析。

3. 你有没有想要改编的作品？如果有，现在就动手吧，记得写完后反复修改。

附　录

《冬巢》

故事梗概。

一场大火，烧了吴家长女吴晴的房子，吴家老太余丽英正在家中，所幸及时得救。吴家次子家兴匆忙赶赴现场，跟着救护车一道去了医院。老人告诉家兴房子着火的真相，原来吴晴和老人之间早已矛盾重重。老人万念俱灰，一心求死。而事业、家庭遭到打击的家兴，在母亲陷入这般境地时，自己也处在了怨恨和责任的痛苦挣扎中。对于房子和老人的赡养问题，姐弟俩都颇有微词。早年余老太太偏心的分家，终究导致一个凄凉可悲的结局……

分场景剧本。

1. 内景 日 吴家兴公司

阳光透过玻璃窗，直直地洒在办公桌上，男人下意识地眯起眼，手上敲打键盘的动作不停。办公室不大，生生挤下了十几张办公桌，小小的空间里充斥着联系业务、汇报工作的很是嘈杂的电话声。男人显然是习惯了这种环境，依旧不分神地忙着手头工作。明明是冬天，男人却平白有些燥热，扯了扯衬衫，解开一粒扣子。

手机铃声响起（“我像风一样自由……”），男人手上工作一顿，垂眼看去，来电显示写着“吴晴”，他皱皱眉按了接通键。

吴晴：（尖锐急切地）吴家兴，我们家房子着了，妈在家里……

周围的一切似乎都被按下了暂停键，电话那头还在说着什么，男人大脑一片空白，瞳孔在由失神逐渐聚焦后，他便立马冲出门去。

旋转椅在一瞬的冲力下，还悠悠地晃着。

2. 外景 日 小区里吴晴单元楼下

男人几乎是跑着下了出租车，进了小区，120 就停在单元楼下。

周围聚着很多人，议论纷纷：幸亏老太太人没事，就是她闺女的房子全烧没了……

男人走近，消防员已经把老太太背了出来，担架早就备好，把老人抬上了救护车。

护士向周围张望，大声道：家属在哪？需要家属陪同。

他忙应声，坐进了救护车。

3. 内景 日 救护车内

家兴透过救护车往外看，吴晴连看也不看母亲一眼，只顾着进单元门急着看她家的情况。他抿紧唇，收回视线，低头看回母亲。老太太脸上染了些灰黑，睁着眼无神地看着车顶，眼里有些湿润，也不作声。

医生们检查过后，没有大碍。

医生：（开玩笑的语气）大姨福大命大喔，房里面烧成这样哩，人啥事没有，您福气还在后头哩！

老人没有反应，只是躺在那里，看起来无助也无望。

家兴扯了扯嘴角，没有接话。

4. 内景 日 医院急诊

医生把老太太推进急诊大门，男人跟在旁边。他们把老人推到大厅的一个临时床位。众人都散去后，男人沉默许久，不去看老人。

老人深呼口气，浑浊的眼里满是晶莹泪珠，有些尖锐地发泄着情感。

老人：我不想活了。房子是我烧的，都是我干的，你报警让警察把我枪毙了。我不想活了……（说到最后，嗓子有些嘶哑）

她眼里并没有什么生气。

男人终于开口了。

家兴：（嗓音沙哑，带了点嘲讽的质问）你已经把她房子烧了，还不够吗？

好像突然说到了老人的痛点，老人激烈地挣扎着，两只手在空中乱挥。

老人：（愤怒）那是我的房子啊，烧了也是我的房子，都是她逼得我啊，她该……（痛苦中隐约带了些哭腔，边说边拍打着床）

男人偏过头去，皱着眉，又攥起衣角。

两个帘子隔出了母子俩难得的独处空间，此刻，里面的空气好像凝固了。

5. 外景 日 医院大门口

家兴往外走着，边打电话，那边好一阵才接起来。

家兴：妈没事，给她办了住院，我先回公司。

电话那头，吴晴冷淡地“哦”了一声。

吴晴：她把我家都烧了，以后她和我没关系了。

嘟嘟……电话被挂断，只剩下忙音和怔在原地的男人。

回过神来，男人踹了一脚停车场的石坛。

家兴：（不忿地哼了一声）哦，又成我的事了？呵。

冬日的枝丫惨淡，树上曾经叽喳过的鸟巢里也空荡荡的了。

6. 内景 日 办公室

家兴回到公司，到下班点了，办公室的人也所剩无几。他办公桌上干干净净，上面放着一个大箱子，里面装着他所有的东西，他的脚步迟钝起来。

同事经过他，拍拍他的肩膀。

同事：家兴啊，咱们公司一直都不景气，这阵子裁员厉害你也知道，你说你偏往枪口上撞，这过年复工第一天就请假……（看家兴神色怔愣，到底还是住了嘴，摇摇头走开。）

电话声响起（“我像风一样自由……”），家兴动作有些迟缓地接起了电话。

那头是个陌生女声：您好，请问是余丽英的家属吗?

家兴：我是他儿子。

护士：是这样的，您母亲从下午住院开始就一直药不吃、饭不吃、水也不喝，念叨着我们都要害死她。（说到这，透过话筒都能听出声音中的无奈。）

护士：她非说我们都是她女儿派来害她的，自己也有自杀倾向，刚刚拿过一壶热水就要往自己身上浇，我们差点没拦住。您还是快点过来吧……

家兴握住手机的手，紧了紧，应声。他嘴角向下撇着，左右磨着牙，皱着眉很深地叹了口气。

8. 内景 夜 医院住院部

家兴抱着箱子匆忙进了住院部。护士看他来了，着急地让他去安抚老人，家兴把箱子放在地上，进了病房。

老人看见他，眼泪刷的一下就流了下来。

老人：家兴，你别管我了，别给我花钱了，我不想活了。妈，妈对不起你……

男人抿紧唇，像是压抑着什么。喉咙发涩，鼻头一酸……

9. 内景 夜 走廊

男人半倚着墙，瘫坐在地上，大箱子在他旁边衬得他有些瘦弱了。

他脑中不断地回想着刚刚和医生的对话。

「老人现在这个情况，我们医院真的不敢收了，而且她可能精神出了问题，我建议你把她送到精神病医院去看看，如果你同意的话，我们这边可以帮你联系转院的事宜……」

10. 外景 日 医院大门口

第二天，天气有些阴霾，不见阳光，树上的鸟巢也更显得苍冷。

家兴推着坐在轮椅上的母亲，上了转院的救护车。

11. 外景 日 精神病医院门口

救护车到了地方，护士们上前帮忙把老人抬下来。家兴也跟着下来。

12. 内景 日 医生办公室

老人看见医生，有些害怕，下意识地抓紧儿子的衣裳。

老人：这是不是吴晴派来的?

家兴：（有些不耐烦）她没那么大本事。

老人在一旁直念叨着有人要害自己。医生问询情况。

家兴把母亲烧房子的事和一些生活状态告诉医生。

【闪回】：老人一个人在家呆坐着，老人腿脚不便颤颤悠悠地自己做饭，天黑家里灯光很弱只有老人一个人，老人饿了干啃饼干噎着了，吴晴骂老人"怎么不早点死，活着是她的负担"……

医生把诊断书递给家兴，上面赫然写着"精神分裂症"。

医生：我先安排老人住院，你去缴费吧。

13. 内景 日 走廊

家兴拨出了那个熟悉的号码，电话接通

家兴：（过于平静的语气）妈精神分裂。

吴晴：（冷淡）哦，是吗，我上次不是说过了不会再管她了，（有些不耐烦），让她自生自灭好了。

家兴：（气愤，声音突然放大）你和妈逼着我签那份放弃房子继承权的协议的时候，你可不是这么说的！（周围的视线看过来，略微压低了音量）

家兴：房子给谁老人谁养，这话是不是你说的，啊？（因为愤怒，语速都快了起来）

那头支支吾吾地答了声“是”，接着想说些什么，又被家兴急切地打断。

家兴：你不是不知道，妈害得我离婚了，这事你也脱不了干系！（大声）我现在家没了，工作也丢了，我什么都没有了（带着哭腔）。妈现在又这样了，从小到大，妈总是偏心你，什么好东西都给你（略带讥讽的阴阳怪气），你的良心被狗吃了吗？（愤怒的质问，压不住声调）

“嘟嘟……”电话又成了忙音。

家兴无力地捂住脸，顺着墙壁渐渐滑坐在了地上。

14. 内景 日 病房

家兴走进病房，他看到母亲闭着眼睛正在休息。沉默了良久，静静伫立，终于还是没忍住，站在床边嘟囔。

家兴：（手指着床上的老太太，恶狠狠地嘟囔）你真是养了个好闺女！

他说完嗤笑一声，转身离开。刚走两步，又回过头来，深深看了老人一眼，嘴角抽动着，最终还是什么也没有说出来，只是小声地叹气，走出病房，把门带上了。

房门关上，隔开了两个世界。

没人看见，床上本该熟睡的老太太，紧抿起的嘴唇颤抖着，一滴泪从她的脸上滑下来。

病房的窗外，那棵老树上的鸟巢也被冬日的寒意冷落着。

后　记

从 2010—2022 年，写作教学课的“教改”和教学实践已经进行了 10 年以上，初步形成了一套编剧教学的教案，其间经历了诸多艰辛，取得了许多宝贵的教学经验。这套《故事写作基础教程》是在每学期课时较短的 32 课时的入门级课程基础之上，在 10 年对于零基础学员的教学实践的基础上总结完善而成的。虽然它在理论体系上还显得粗糙，但是实践证明这本教材作为初级入门教材是非常实用的。

本教材的教学目的是将学生们引领进编剧创作的大门，对于真正的剧本创作来说学生们还有很长的路程要走。在未来的教学实践中，我们将更加深入地探索教学手段和方法。在这本《故事写作基础教程》之后，还将有《故事写作进阶》等书籍，继续探讨剧作的理论和写作技巧，后续书籍也是在编剧课程的后续高阶段课程基础之上创作而成的。

本教材中部分采用的作品来源于我课程中的学生的作业，在选材上注意训练内容的多样性。另外，写作课与其他相关课程的配套和衔接，剧本写作初级教程与高级教程的衔接，也有待我们在教学实践中进一步改进和完善。

之后还将有后续课程的《故事写作进阶》等系列书籍出版，希望读者同样给予批评指正，在将来有机会时，对这一系列教程再做修正、补充。

图书在版编目（CIP）数据

故事写作基础教程/ 梁艳著. -- 北京 ： 中国传媒大学出版社, 2022.11
ISBN 978-7-5657-3312-3

Ⅰ. ①故… Ⅱ. ①梁… Ⅲ. ①编剧—教材 Ⅳ. ①I053

中国版本图书馆CIP数据核字(2022)第195519号

故事写作基础教程
GUSHI XIEZUO JICHU JIAOCHENG

著　　者　梁　艳
策划编辑　裴向敏
责任编辑　裴向敏
封面设计　风得信设计 · 阿东
责任印制　李志鹏

出版发行　中国传媒大学出版社
社　　址　北京市朝阳区定福庄东街1号　　邮　　编　100024
电　　话　86-10-65450532　65450528　　传　　真　65779405
网　　址　http：//cucp.cuc.edu.cn
经　　销　全国新华书店

印　　刷　艺堂印刷（天津）有限公司
开　　本　787mm × 1092mm　1/16
印　　张　11
字　　数　189千字
版　　次　2022年11月第1版
印　　次　2022年11月第1次印刷

书　　号　ISBN 978-7-5657-3312-3 / I · 3312　　定　　价　45.00元

本社法律顾问：北京嘉润律师事务所　郭建平